惡魔高校D×D

一誠SOS

13

石踏一榮

ICHIEI ISHIBUMI

Kadokawa Fantastic Novels

彩頁、內文插圖／みやま零

目 錄

※閱覽前請注意！

基於刊載於雜誌的時期，本書內容與本篇有時間順序的差異，敬請見諒。

這本短篇集充滿對「胸部」的深度感謝以及探究之心。但是本書並非「惡魔的胸部」的研究資料、參考書，還請大家注意用途。

Life.1　特攝惡魔

「惡魔的仇敵赤之龍帝！我魔法少女小利維要消滅你！」

轟————！

魔法少女在我眼前揮動魔法杖，以極大的魔力在周圍引發大爆炸！

「呀——啊啊啊啊！會出人命————！」

身穿赭紅色全身鎧甲(plate armor)的我發出毫無矯飾、貨真價實的慘叫聲四處逃竄，逃離殺傷力極高的魔力！每一發魔力攻擊的威力都很誇張，直接命中的結果要不是轟掉一座山，就是消滅整片森林！

沒錯，我——兵藤一誠正在某座山上和魔法少女展開決戰。不，是我單方面遭到蹂躪！

因為對手不是魔法少女而是魔王少女，也就是如假包換的魔王陛下本人！

要知道事情為什麼會變成這樣，得回溯到不久之前。

我們利用暑假在冥界進行的集訓結束，第二學期剛開始的時候……

「一誠，不得了了。」

那天我在社辦裡和社員們玩著卡片遊戲時，社長出聲叫我。

「怎麼了？」

看到我疑惑反問，社長面帶笑容回答：

「魔王陛下親自委託我們。而且還是賽拉芙露．利維坦陛下。」

魔王！沒錯，根據社長的說法，是惡魔之王、四大魔王陛下之一的利維坦陛下有事情要拜託我們。

「真的假的！來自利維坦陛下的委託真是太榮幸了！」

我高興得叫出聲來！那還用說！利維坦陛下是四大魔王陛下當中唯一的女性！能夠得到那位魔王陛下親自委託，真是無上的光榮！不過……那位陛下算是比較特殊的類型。

「陛下希望我們出借人力，以一誠為主，還有小貓、加斯帕、潔諾薇亞。」

社長話聲方落——加斯帕便發出尖叫。

「噫——————！我、我也要去嗎！我、我討厭引人矚目的行動~~~~！」

唉，如此說道的他又逃進紙箱裡了。這個傢伙不但有對人恐懼症還是繭居族，最害怕引人矚目。

「不過為什麼是找我們？」

潔諾薇亞指著自己發問，小貓也跟著點頭附和。

「好像是需要你們的特殊能力吧。」

社長如此回答。

特殊能力。我……身上寄宿強大的龍之力。加斯帕繼承吸血鬼的血統，小貓是貓又妖怪。然後潔諾薇亞可以使用聖劍。

仔細想想，我們這群人確實很特殊。

社長撫摸我的臉說道：

「我也很想跟你們一起去，但是我和朱乃有很重要的事必須外出。祐斗也要以護衛的身分跟著我們。這個部分我已經聯絡過利維坦陛下，不成問題。愛西亞，妳也和一誠他們去吧。應該可以學到很多東西。」

「好的，我會跟著一誠先生一起學習。」

愛西亞接受社長的吩咐。

「就是這麼回事，我得擔任社長和朱乃學姊的護衛，其他事就拜託你了。」

木場還說出這種話！可惡！居然可以擔任社長的護衛！該死的型男！雖然令人非常羨

不過木場的確是社長的「騎士(knight)」，這也是無可奈何的事。

突然感覺到柔軟的觸感！是朱乃學姊抱住我！啊啊啊啊，胸部的觸感真是叫人難以抗拒！朱乃學姊伸出手指滑過我的嘴角，以豔麗的聲音開口：

「雖然和你分隔兩地讓我很難過，可是能夠回應魔王陛下的期待，才是我的一誠喔。」

「是、是的！」

儘管因為令人興奮到發抖的聲音而流鼻血，我仍然很有精神地回答。

擰————！

社長捏著我的臉頰的愛之手接著對我發動攻勢！身為主人的社長在我和其他女生親近時，就會立刻變得不開心。好像是因為她很疼愛我，無法忍受我被別人搶走吧。能當她的僕人真是幸福！

「總之，千萬不可以失禮。」

「是、是的～～」

被社長擰臉頰的我點了好幾次頭。

於是我、愛西亞、小貓、潔諾薇亞、加斯帕五個人就此接受魔王陛下的命令。

○●○

因為這樣，我們隔天透過轉移用魔法陣進行跳躍，來到某個無人島的海邊。

這裡沒有可供船舶停靠的地方，海岸都是大大小小的礁岩，完全看不到沙灘。島上的景觀大部分都是險峻的山地和森林。

感覺是座與世隔絕的海上孤島。

不知道為什麼，還可以聽見「嘰——嘰——！」等從來沒聽過的生物叫聲……然而這裡好像是日本……

「話說魔王陛下在哪裡？」

正當我們四處張望時——

隆隆隆隆！

一陣堪稱地鳴的震盪撼動我們！發、發生什麼事了？

一隻巨大生物突然排山倒樹出現在我們眼前！看牠的造型很像暴龍那種恐龍外型！話說那根本就是暴龍吧？

「呀喝——☆小莉雅絲的眷屬惡魔們——☆我是小利維——☆」

有個人坐在暴龍背上，以可愛的聲音向我們打招呼！那個人打扮得有如魔法少女！沒錯，她正是魔王賽拉芙露．利維坦陛下！

「羆——羆——」

利維坦陛下像騎馬一樣控制暴龍，讓牠停在我們眼前。

「喝——！」

放聲大喊的陛下從暴龍背上跳起來，在空中轉了幾圈才著地——碰！

小利維的臉摔在地上！大概是因為著地失敗，內褲完全曝光了！魔王陛下的內褲！是條紋內褲！

陛下立刻站起來，伸手比出V字手勢對著我們微笑，臉上還沾滿塵土！

「噹噹——☆賽拉芙露·利維坦！在此登場——☆」

陛……陛下還是一樣，亢奮的情緒和隨性的態度都相當驚人……

之前在學校遇見陛下時，還搞得有如COSPLAY攝影會。這位賽拉芙露·利維坦陛下非常喜歡日本的魔法少女動畫，一心嚮往成為魔法少女。看吧，她又開始轉動手上那根閃閃發亮的魔法杖了。

「好、好久不見了，利維坦陛下。所、所以陛下把我們找來這裡，到底是為了什麼？」

我簡短問候之後立刻切入正題。為什麼把我們叫來無人島啊？

「我找你們過來，是想請你們協助拍攝電影☆」

陛下一邊擺姿勢，一邊為我們說明。等等，電影？

正當我們感到驚訝時，一群拿著攝影器材的人從暴龍後方追過來。原來是真的在拍電影！這隻恐龍也是為了拍攝工作所準備的？

「賽拉芙露陛下！場景二十一『和古代恐龍嬉戲的魔法少女』！拍得很棒喔！」

工作人員當中，走出一個戴著帽子和墨鏡、留鬍子的中年男子，手上還拿著導演筒，完全是典型的導演裝扮。他果然是導演嗎……？

不過我可從沒聽說有哪個小魔女會和古代恐龍嬉戲的！

魔王陛下對著導演開口：

「導演先生，他們就是我提過的那些人☆」

「喔喔！原來如此，這幾位就是在那場遊戲當中大放異彩的吉蒙里眷屬啊！」

他知道我們？對了，遊戲是吧。這麼說來，之前舉行的吉蒙里對西迪之戰，在惡魔世界——冥界全境都有轉播。

「事情是這樣的，這位電影導演先生說他看了小莉雅絲的眷屬戰鬥之後，覺得『就是這個！』所以才會發通告給你們☆」

魔王陛下為我們說明……通告？我們要獻出大螢幕處女作嗎！

導演也不住點頭表示：

「其實我們正在拍攝賽拉芙露陛下主演的兒童特攝節目『魔法☆小利維』電影版。我想請他們扮演陛下的對手。」

「魔、魔法……小利維是嗎？」

第一次聽到的節目名稱，讓我不禁有些困惑。

「……好像是正在冥界播出，大受好評的英雄節目。在惡魔小孩之中很受歡迎。」

小貓在一旁為我說明。原來如此，冥界的特攝節目。大概就像日本正在播映的蒙面特攝英雄吧。只是主角是魔法少女。

「內容是由我，惡魔的夥伴小利維對抗天使、墮天使、龍、教會人士，把他們打得落花流水的故事☆一舉滅殺惡魔的敵人☆」

魔王陛下擺出可愛的姿勢，但是嘴裡說的話卻是危險到了極點！

「……雖然天使和墮天使長年以來都是惡魔的敵人，但是日前終於締結和議了吧？內容這麼反政府真的沒問題嗎？」

聽到我的問題，導演揚起嘴角得意笑道：

「在作品當中夾雜反政府的訊息，正是我的信念。」

這明明是兒童節目！被拿來當成政治宣傳工具了！大人太可怕了吧！這樣真的可以嗎，小利維！

「不過為什麼要找我們？」

我問了這個理所當然的疑問。社長確實系出名門，在冥界也是名人，話雖如此，身為她的眷屬的我們既不是演員，又只是平凡的惡魔。而且還是下級惡魔。

這麼說來，社長好像提到我們的「特殊能力」之類的。原因就在這裡嗎？

導演豎起拇指說道：

「再怎麼說你們都是傳說之龍！聖劍士！吸血鬼！妖怪貓又！嗯！全都是惡魔的競爭對手！而且在上次的遊戲之後，全冥界都認識你們了！話題性也很夠！請你們務必要擔任小利維的敵人！」

是考慮到我們眷屬的特點以及話題性，才發通告給我們吧。我們眷屬的確是很有特色。所以我們要扮演魔王陛下的敵人囉？

「感覺好像很好玩。」

喔，潔諾薇亞似乎很感興趣。

「雖、雖然有點可怕……既然是魔王陛下的請求……」

膽小的加斯帕躲在我的背後，不過還是接受了。

「愛西亞和小貓都ＯＫ嗎？我覺得只能答應就是了……」

我如此詢問她們。

「是的。我會加油的。」

「是，如果我派得上用場……」

她們也都答應了。

我當然也ＯＫ。仔細想想，這應該是我成為演員的大好機會吧？因為參與這部電影的演出而一夕爆紅！這樣一來也很有可能瞬間成為大受冥界女孩喜愛的巨星！

我在腦中妄想自己身邊圍著保鑣，蜂擁而至的女生對我尖叫的場面。

『呀啊——！一誠大人——！』

『看這邊——！』

『啊啊！真的超帥的！』

欣喜的尖叫聲此起彼落！

『太、太幸福了……』

『喂！又有一個女孩感動到昏倒了！』

警衛趕來帶走昏厥的女孩！

看著此情此景，我露出笑容。

『呵呵呵，我真是罪過啊！』

看見我擺出帥氣的姿勢，女孩們再次歡喜尖叫！

…………

呼呼呼！太棒了。這樣也相當不錯啊！太棒了！

到時候一定可以每天和不同的影迷……不不不，和惡魔演藝圈的女星往來甚密，在約會時被周刊的狗仔拍到也不錯！

啊啊，我的妄想停不下來！我的夢想是升格上級惡魔成為後宮王，不過當個演員成為萬人迷也不錯！

「對冥界的寫真女星的胸部這樣……」

我忍不住做出用手指戳胸部的動作！口水也忍不住滴下來！

踩——————！

小貓使盡全力踩我的腳！好痛好痛好痛！

「……禁止猥褻妄想。」

小貓大小姐果然嚴格！我擦掉口水回答導演！

「知道了！我們莉雅絲．吉蒙里眷屬樂意接受在電影中扮演對手的任務！」

就是這樣，我們確定演出這部電影。

—○●○—

「……好、好重。」

喀嚓、喀嚓。

鐵片磨擦的聲音。我們答應演出之後，攝影工作立刻開始，我們走到島上的森林裡。

然後我穿上專用戲服……

那是一套赭紅色的全身鎧甲(plate armor)。似乎是仿造赤龍帝的鎧甲(boosted gear scale mail)製作的複製品。

由於變身需要許多條件（主要原因是禁手化(balance breaker)的限制時間）的配合，所以拍攝時是使用複製品。

……實在是有夠重的。真的就是一堆鐵塊。雖然鎧甲多虧惡魔的技術非常堅固，盡可能減輕重量，而且相當耐衝擊，可以說是很令人安心的設計，儘管如此還是很重！

重現度倒是很高。寶玉有語音功能，頭盔的面罩也可以收起來。

變身後的鎧甲我就不覺得重。看來真的穿上全身鎧甲就會重到這種程度……

「嘰——嘰——！」

又聽見那個奇妙的生物叫聲了。好可怕啊————！既然有恐龍，真不知道還會有什麼東西。這裡絕對不是日本吧！

「一誠先生。」

這是愛西亞的聲音。我轉過頭去——

「好、好看嗎？」

看見愛西亞身穿帶有詭異裝飾的服裝！

「愛西亞，這是什麼打扮？」

「是的，我好像是扮演祭祀赤之龍帝的巫女。」

喔喔，是巫女啊。聽她這麼一說，看起來確實是有點像巫女……？不過看到清純的愛西亞穿上那種詭異的打扮，我的心情有點複雜……

「我好像是邪惡聖劍士。」

潔諾薇亞也在此登場。喔喔，是亞馬遜女戰士風格的服裝，看起來很方便活動。裸露部分之多，更是讓人大飽眼福！

「不過邪惡聖劍士啊……呵呵呵，以我一個因為自暴自棄轉生成為惡魔的前基督徒來說，還真是恰當的角色分配。」

唉，她又開始因為莫名其妙的理由煩惱了……

「……我是女僕。」

這次是小貓——等等，這是！冒出自己的貓耳和尾巴，再配上女僕服！

嬌小的小貓化身貓耳女僕，破壞力真是驚人！太可愛了！

身穿全身鎧甲（plate armor）的我。身穿邪惡服裝的巫女愛西亞。亞馬遜女戰士風格的聖劍士潔諾薇亞。貓又女僕小貓。

嗯──果真是特色豐富。由這樣的陣容來當小利維的敵人，還真是無厘頭。

在角色設定上，我是被封印在這座島上的惡龍。然後小貓他們是為了讓惡龍復活而採取行動的敵對組織。

小利維為了阻止他們來到這座島上，似乎是這樣的故事。以兒童節目來說算是相當正統的發展吧。

「……小加呢？」

小貓東看西看，四處張望。啊，這麼說來的確沒看見加斯帕那傢伙。那傢伙應該是演吸血鬼吧。他的服裝又是如何？

「……我、我在這裡～～」

這是加斯帕的聲音。只有聽見聲音。我再次環顧四周，依然找不到他。

「……在、在這裡～～」

我仔細尋找聲音傳出來的地方──視線落在一個大紙箱上。

……紙箱上開了兩個小洞，洞口閃現紅色光芒。

難、難道就是這個……？

「喂、喂，阿加。你難不成要在那個紙箱裡參與演出嗎？」

聽到我的問題，紙箱傳出開心的聲音。

「是、是的！在試裝時，我、我逃進紙箱裡面，結果導演看見了，就說——」

『這真是太創新了！好——你就扮演紙箱吸血鬼吧！』

「就變成這樣了。」

說什麼就變成這樣了————！我知道加斯帕有逃進紙箱裡的習慣，但是這樣入鏡真的好嗎！

「我說你啊，這樣真的好嗎！」

拍不到臉喔？雖然就別的意義來說更加引人矚目，不過你真的願意嗎？

「是！」

他以充滿朝氣的聲音回答！嗯，越來越莫名其妙了————！

哪有這麼誇張的陣容！剛才提到的成員再加上待在紙箱裡的吸血鬼！

看不見外表又是個紙箱，這樣還說他是吸血鬼，感覺吸血鬼業界一定會抗議吧，太可怕了！這怎麼看都是個紙箱！擺個普通紙箱之後再用電腦動畫修圖搞不好比較快？

「各位，確認過腳本之後就要開始拍攝了——」

劇組工作人員如此說道。

總之電影拍攝工作就此開始。我心中充滿不安。

場景A「小利維VS貓又&紙箱吸血鬼」

拍攝工作開始了。首先是伸出惡魔翅膀的小利維飛過滿是邪惡野獸的森林。

「……小利維，妳休想繼續前進。」

這時小貓扮演的敵人，貓又女僕登場！如同導演希望我們不要太過刻意的指示，小貓演得相當自然，看起來很正常。

「妳是那些打算讓傳說中的赤之龍帝復活的人之一吧！你們想讓沉睡在這座森林深處的龍帝復活，究竟有什麼企圖？」

喔喔，利維坦陛下演得很起勁。

「……和妳無關。如果妳想阻撓我們，我就要解決妳。」

小貓也擺出架勢。話說小貓的演技也很不錯。

「喝！小利維光束！」

利維坦陛下從魔法杖發出魔力光束！唔喔！這個部分竟然不用電腦動畫！

「魔法☆小利維基本上不靠電腦動畫，盡可能以真正的魔力呈現所有特效。」

我們[illegible]吃了一驚，工作人員如此說明。

惡魔之力——魔力真是太方便了！所以那道光束只是利維坦陛下為了聲光效果發射，即使中招威力也不會太——

轟————————！

射出去的光束命中森林，發出龐大的爆炸聲，轟飛後方的樹木。

…………

這個威力也太離譜了！特效？那叫特效嗎！

雖然看起來一點也不像用上全力，不過還是魔王的光束！威力會那麼強大也很正常！應該說小貓有危險！正當我如此心想時——

「……小意思。」

小貓輕鬆躲過！真不愧是貓又！

「厲害！不愧是吉蒙里小姐的眷屬！」

導演也讚不絕口。不過要是小貓沒閃過會怎麼樣……？

嗯，關於這點我還是別想太多吧。

可是如果我中了那招，不知道會不會有事？看來只能相信這套特別訂製的全身鎧甲（plate armor）的防禦力了！

幸好劇情中沒有愛西亞的動作戲。運動神經馬馬虎虎的愛西亞肯定無法順利躲開，八成會被光束打中死掉！

這時一道光束射中小貓！這下糟了！

我原本嚇了一跳……但是小貓沒有什麼明顯的傷勢，衣服也是完好如初。

「放心吧。賽拉芙露陛下在擊中對手時會有所保留。」

這、這樣啊。太好了。也就是說演員能夠躲過的光束威力強大，命中對手時就會降低威力囉。

要是讓小貓灰飛煙滅，我可是會哭喔。

「……唔！」

小貓做出跪倒在地的動作。

「貓妖怪！來啊，妳還想打嗎！」

小利維舉起魔法杖指著小貓。這時——

「……到、到、到此為止————！」

加斯帕的聲音在拍攝現場響起——小利維眼前冒出一個紙箱！

是紙箱！真的只有紙箱！

「我、我、我我我我、我素吸血鬼————！」

鳥圭，他緊張到台詞都說不好！這也是沒辦法的事。對於繭居族加斯帕來說，演出電影可是十分辛苦的。而且是因為躲在紙箱裡不讓別人看見他的模樣，才勉強能夠演出吧。

「和、和、和、和貓又不同，我、我、我——」

就在加斯帕的台詞說到一半的時候。

啪！

有個巨大的黑色物體闖進拍攝現場！喔喔！是隻大怪鳥！

這也是劇情的安排嗎！

「嘰——嘰——！」

啊。原來在這座島上聽見的奇怪叫聲，是來自這隻怪鳥！

那隻大鳥用爪子穩穩抓住裝有加斯帕的紙箱——

「嘰——嘰——！」

然後高高飛到天上！

這、這也是安排好的嗎……喂喂，加斯帕那個傢伙就這麼被抓到天空的彼端了。那隻鳥是小利維的使魔嗎？

「那隻鳥是什麼？」

「不知道。」

然而我卻聽見導演和工作人員的對話——！咦——————！竟然是意外嗎？

「加斯帕————————啊啊！」

我的吶喊響徹天空！

我的腦中出現加斯帕的笑容浮現天際的畫面。後來才聽說那隻怪鳥似乎是傳說中的魔物——「天空魔鳥」席茲的樣子。

至於為什麼這座島上會有那麼厲害的魔物，又為什麼只有把那傢伙擄走，一切的一切都是謎。總而言之，我絕對不會忘記被牠抓走的加斯帕——

場景B「小利維VS聖劍士&紙箱吸血鬼將軍」

「噫————！我感覺輕飄飄的————！突然飛起來讓我整個人都覺得輕飄飄的————！」

之後加斯帕平安獲救，在紙箱裡啜泣。

題外話，之前那場戲雖然發生怪鳥闖入的意外，但是拍到的畫面很有趣，最後就決定直接使用。

而且導演看見紙箱吸血鬼被怪鳥抓著飛上天的模樣似乎相當感動，臨時決定下一場戲也入加斯帕的戲分。

[illegible]會被那種大怪鳥抓著飛上天的紙箱吸血鬼，大概也只有這個傢伙了……不過我看了大字報才發現，加斯帕的角色不知不覺變成「紙箱吸血鬼將軍」……

是在哪裡轉職的！被鳥抓走可以得到大量經驗值嗎？

拍攝地點也換了，來到位於山上的某個神祕遺跡。聽說這裡是為了這一天特地打造的石頭遺跡。

現在小利維和聖劍士正在遺跡裡對峙。我把自己持有的聖劍阿斯卡隆借給潔諾薇亞。因為那個傢伙無法控制聖劍杜蘭朵的威力，那把劍的破壞力又很強大，根本無法用來拍攝。

「聖劍士！請妳讓開！我不會讓你們喚醒龍帝的！」

「哼哼哼，恕難從命——」

潔諾薇亞那個傢伙，語氣太僵硬了吧！

好、好吧，我們基本上是門外漢，這也是無可奈何的事。

「我要上了！」

「來吧！」

雙方的動作都很迅速，撞在一起的魔法杖和聖劍迸出火花。

喔喔，好精采的武打戲！她們兩位的動作都相當漂亮！畢竟是魔王陛下和劍士，這好像也是理所當然的事。如此一來我就可以在一旁放心觀看了。能夠和阿斯卡隆交鋒的魔法杖也很驚人！不愧是魔王少女的魔法杖！

小利維發射無數的特效魔力彈，潔諾薇亞則是在躲過之後舉起聖劍砍去。一連串有如行雲流水的動作讓工作人員們也看得非常認真。

這個場景本來就不需要多餘的台詞，而是要讓觀眾欣賞華麗的動作，看來應該可以拍到不錯的成果。

戰鬥漸入佳境，小利維的魔力把潔諾薇亞的聖劍彈飛了。

被彈飛的聖劍刺進地面！

「唔，算妳厲害，小利維。」

潔諾薇亞的台詞還是很僵硬。雖然缺乏魄力，不過接下來就是臨時追加的橋段！

「吸血鬼，快來幫我～」

潔諾薇亞呼叫救援。

追加的橋段就是裝有加斯帕的紙箱，前來幫助陷入危機的潔諾薇亞。

攝影機轉到加斯帕的登場位置。在那裡——

「嚼嚼。」

有隻暴龍把紙箱放進嘴裡大嚼特嚼！

□斯白被乞掉了————！

「加斯帕————啊啊啊啊！」

我的吶喊再次響徹拍攝現場。

加斯帕，我要繼承你的勇氣。

場景C「小利維的最後決戰。復活，傳說中的龍帝！&紙箱吸血鬼神！」

「嗚————！好臭～～！在恐龍的濕滑嘴裡被咀嚼，好可怕喔————！」

之後加斯帕順利從恐龍嘴裡脫困，窩在新的紙箱裡嚎啕大哭。

至於那個紙箱被恐龍吃掉的鏡頭，這次依然獲得採用。不僅如此，就連最後一場戲也多了加斯帕的追加戲份。

我越來越搞不懂了！他想拍的是以紙箱為主角的電影嗎？被大鳥抓走、被恐龍吃掉，以紙箱來說確實是前所未見的嶄新表現手法……但是我絕對不想看。

吸血鬼業界肯定會向你們提出告訴吧！大字報上還出現「紙箱吸血鬼神」的字樣！他從將軍升格成神了！被恐龍吃掉可以神格化嗎！

總覺得他的階級好像比我這個原本設定的最終頭目還要高……感覺連主角小利維的氣勢也快要被紙箱壓過，但是利維坦陛下本人表示——

「這應該會成為超棒的電影喔☆讓人猜不透的劇情發展就是最大的看頭吧！」

嗯，我也猜不透。沒有人會想到跑去看小利維，結果上映的卻是紙箱電影吧。小朋友看到和大鳥還有恐龍嬉戲的紙箱會滿意嗎……？

「紙箱小弟！我把我想傳達的訊息寄託在你身上了！」

如此說道的導演拿起奇異筆，在內有加斯帕的紙箱上寫字。

他寫的是——

「墮落吧天使」、「消失吧墮天使」等反政府訊息——！

「不要在兒童節目當中傳遞這種訊息好嗎！而且偏偏還是寫在內有吸血鬼的紙箱上！這樣會得罪很多人吧！」

我向導演提出抗議！這下我們豈是不變成反政府電影的演員嗎！

「我不希望這只是普通的兒童電影。我要用這部電影改變世界！」

「改變你個大頭！」

我忍不住吐嘈導演……這到底是什麼電影……

算了，不管了。接下來輪到我上場。腳本我已經確實讀過，愛西亞在遺跡的祭壇向我祈禱，接著是閃亮的燈光特效，然後我便隨著爆炸登場。

哼哼哼，我要在這裡出盡鋒頭，成為冥界第一的影帝！就算是反政府電影也無所謂，只

[illegible]夠擁眼就行了！未來我就可以和美麗的女演員們做盡色色的事！

最後決戰的布景當中最引人注目的，是巨大的龍形雕像。雕像前方正在進行解開龍帝封印的儀式，扮演邪惡巫女的愛西亞專心一意地祈禱。

「龍帝大人、龍帝大人。請、請您實現我黑暗的願望吧～以您邪惡的力量打倒可恨的小利維吧～」

雖然語氣僵硬，但是用力演出祈禱橋段的愛西亞太可愛了！之後真想摸摸她的頭！

小利維在祈禱之後登場。

「這裡就是封印龍帝之地吧！啊！祈禱已經開始了！糟糕！」

小利維與愛西亞展開對峙。

「停止祈禱！」

小利維舉起魔法杖。

愛西亞起身高舉雙手，抬頭仰望天空。好了，等愛西亞說完下一句台詞之後，龍形雕像就會一分為二，在雕像後面等待的龍帝，也就是我要登場了。雖然有點緊張，但是我也要拿出最好的表現。台詞我也好不容易背起來了！

只是我真想趕快演完脫掉這身鐵甲！又重又熱，穿起來很不舒服！

「啊啊，龍帝大人。現在正是您復活的時刻～」

在愛西亞的這句台詞之後，雕像就會裂開！

錚！

閃光籠罩附近，雕像隨著轟然巨響縱向裂開。

好！就是現在！

我在瀰漫的特效煙霧當中，從雕像後面奮力跳出去！

「哼哈哈哈哈哈！吾乃赤之龍帝是也！吾感受到邪惡之人的祈禱，再度於此復活！哼哈哈哈哈！可恨的惡魔竟敢封印吾，吾就要先破壞惡魔居住的冥界～～！」

我放聲大笑！嗯！登場鏡頭應該就是這樣。導演也沒喊卡。

小利維現身眼前，舉起魔法杖指著我：

「你終究還是復活了，龍帝！你休想去冥界！因為我會在這裡消滅你！」

「哼哈哈哈哈哈！區區一個惡魔小女孩竟敢和本龍帝作對，蠢不可及。也好，吾就先從妳開始血祭！」

我演得很起勁！扮演壞人意外地有趣！

接下來我和小利維即將展開激戰。

呃——我記得他們說過，這套鎧甲上配有特效用的魔力產生器和火焰放射器——

這時準備動手的利維坦陛下在我眼前，以魔法杖凝聚極為強大的魔力。那股魔力的波動……就連空氣也為之震盪，令我感覺相當危險。

…………奇、奇怪？那、那股魔力，不會太兇惡了一點嗎……氣焰的質量大到讓人覺得危險至極……

再怎麼說，那股魔力的攻擊力看起來也太誇張了——

「龍帝！我要打倒你！」

下一秒鐘，殺傷力強大的魔力從魔法杖激射而出，在我身邊引發爆炸。

我受到爆炸波及，被炸飛到天空！

—○●○—

於是事情回到開頭的地方！

我四處逃竄，身上的鐵甲也發出「喀嚓喀嚓」的聲響！

會死！利維坦陛下發出的魔力，威力相當驚人！

這時我看見工作人員的大字報……

『這是最後決戰的重頭戲，稍微認真一點互轟。』

什麼稍微認真一點！對手可是魔王！稍微認真一點的魔力就足以改變山區景觀！每次我

閃躲陛下的魔力攻擊，島上的山就會被削掉！

「站住！給我光明正大開打！」

小利維追了過來！我會被殺！你看你看你看你看！魔法杖上面又開始凝聚密度高到危險的魔力了！

轟────────！

陛下再次發出攻擊，這次把地面炸開了！嗚哇！命中的地方變成大隕石坑────！啊！這套據說相當耐衝擊的鎧甲也不知不覺出現裂痕！鎧甲的防禦力果然沒有高到承受得了魔王的攻擊！

光是餘波就可以造成裂痕，正面中招就連我都會被炸得稀爛吧！

而且導演完全不喊卡！這是怎麼樣！怎麼看都是單方面的虐殺吧！我看向導演──他豎起大拇指，用力點頭！

咦咦咦咦咦咦咦咦咦！這樣ＯＫ嗎！

我嚇到眼珠快蹦出來，但是小利維的猛烈攻擊絲毫沒有止息，我只能不斷逃跑！可是如果我只有一直逃跑，電影根本沒有看頭！

我下定決心轉身，使用火焰放射器和魔力產生裝置！

咻────咻、咻。

頭部的火焰放射器噴出火力相當於瓦斯噴燈的火焰，右手的裝置則是發出幾發壘球大小的魔力，就此結束。

「這樣就沒了——————！不會吧！這樣哪裡打得贏！」

工作人員以大字報回應驚愕不已的我。

『這個部分之後會以電腦動畫加以修飾。』

「『加以修飾』是怎麼回事！」

不行了！這部特攝片根本沒救了吧！

「龍帝果然厲害！好凌厲的攻擊！可是我不會輸！」

啊啊啊啊啊，利維坦陛下的台詞也說得好像我真的發動什麼很厲害的攻擊！這下我剛才的攻擊肯定要用電腦動畫加工吧！

「吃我這招！」

極大的攻擊朝我落下——

咚轟——————！

魔法杖發出的魔力漂亮地把我轟飛……

唔呼！被炸飛的我在空中轉了好幾圈才落地……趴在地上的我，只能以爬行的方式設法逃離現場。

全身上下都好痛……鎧甲也失去原型……再這樣下去，我、我真的會被殺……到現在都沒聽見導演喊卡，就表示還在拍攝囉……

「學、學長！」

是加斯帕在叫我。我朝聲音傳來的方向轉頭望去，看見一個紙箱。

「阿、阿加……」

我挪動傷痕累累的身體，接近加斯帕。

唔……傷口好痛……

「……呵呵呵，憑我的力量，沒辦法打倒利維坦陛下……」

我爬到紙箱前面，將顫抖的手指伸進紙箱的窺視孔。我的手指受傷，上面有我的血。

「……吸、吸我的血吧……這樣一來你就可以變強……」

我以顫抖的聲音開口。不行了……我的意識越來越模糊……

「學、學長！我、我……我！」

「加斯帕……或許這個時代真正需要的，就是像你這樣的紙箱吧……你要幫吉蒙里眷屬報仇——……」

體力不支的我趴在地上，手指還插在紙箱上。不行了……我已經動彈不得。

「學長————！嗚哇————！」

加斯帕的怒吼。之後加斯帕用力吸著我手指上的血。啊，加斯帕的嘴巴裡面好溫暖，好像有點舒服……我逐漸模糊的意識不小心浮現ＢＬ台詞。

咚！

模糊的視線看見紙箱冒出異樣氣焰。看來加斯帕在吸了我的血之後，解放他的力量。

「小利維！妳的對手是我！」

加斯帕放聲開口——紙箱猛然飛上天！紙箱在空中數度變換軌道，以極不尋常的動作高速飛向小利維。

「好驚人的動作！這就是紙箱吸血鬼神的力量嗎！」

小利維看見加斯帕的動作也不禁為之驚訝。雙方都飛在天上不斷周旋，數度展開激烈的碰撞。

啊啊，飛天紙箱輕鬆閃過小利維的魔力彈。接著紙箱以超快的速度衝撞魔王少女。

小利維和紙箱，在這座島的上空展開激烈的戰鬥——

好、好強啊——！原來紙箱有辦法和魔王一戰……

「快拍那個紙箱！這種電影拍不到第二次了！太厲害了，那個紙箱！飛起來了！還在和魔王交戰！」

導演也欣喜若狂。

呵呵呵，加斯帕，只要有心你還是辦得到嘛……

看到學弟的英姿，我失去意識。

不如紙箱的龍帝就此走下舞台。

○●○

『就是這樣，魔法☆小利維打倒強敵紙箱吸血鬼神，守護了冥界的和平。』

電影特映會。我們吉蒙里眷屬和無法參與拍攝工作的社長等人一起來到冥界的大型電影院，觀賞這部剛完成製作工作的電影版「魔法☆小利維　紙箱吸血鬼神來襲！」。最後的旁白說完，電影就此結束。與會的觀眾全都站了起來，掌聲如雷。

「謝謝大家！謝謝大家！」

站在台上的利維坦陛下在掌聲之中回應觀眾。

我、愛西亞、小貓、潔諾薇亞雖然也有出現在電影裡，不過最為活躍的還是紙箱。連電影原本的標題「赤之龍帝來襲！」都改掉了……

看完電影的相關從業人員都對紙箱的嶄新使用手法以及動作大為讚賞，甚至評為「本年[illegible]式箱動作電影！」。紙箱動作是什麼玩意……

Konozama.jp

而且好像已經有好幾名導演對加斯帕提出邀約。當然是要他去演紙箱。我實在搞不懂惡魔業界……

「拍得很不錯嘛。一誠和大家都演得很棒。尤其是加斯帕，表現得真是太好了。」

看見眷屬的奮鬥，身為主人的社長也高興。雖然我的心情有點複雜，既然社長這麼高興，應該算是有個好結果吧。

「一、一誠先生。」

愛西亞出聲叫我。

「怎麼了，愛西亞？」

「有兩個女生說看了電影之後變成一誠先生的影迷，想要和你握手。」

什麼！這樣啊，呵呵呵。這部電影將我的魅力傳達給那些女生了吧。以我的演員出道作來說還算不錯嘛！

好吧。我可愛的影迷！來吧，撲進我的懷裡——

喀喇喀喇。

喀嚓喀嚓。

我眼前出現全身鎧甲（plate armor）和武士甲冑。咦……這是什麼……？

「看來是鎧甲和甲冑的魔物。」

[illegible]說明。是、是啊。這、這些鎧甲和甲冑的魔物找我有什麼事嗎……？

「……她們都是女生，好像是在看見一誠學長穿著鎧甲的模樣之後，喜歡上學長了。」

經小貓這麼一說，兩具鎧甲也用力點頭！

咦——————！女生！這也算女生？怎麼可能！

喀嚓！

兩個鎧甲魔物抱住我！唔喝！好痛好痛好痛！鐵片又硬又冷的觸感破壞我的身心！

「我再也不要演電影了————！」

我的吶喊響徹整間電影院！

就是這樣，我的夏日拍片體驗在得到吸引鎧甲魔物的成果之後，就此落幕。

後來這部作品也因為是我成為胸部龍之前演出的電影，稍微造成話題。

Life.2　一誠SOS

這是發生在協助利維坦陛下拍攝電影之後不久的事。

這一天，社長因為眼前這名拜訪社辦的訪客皺起眉頭。

「莉雅絲同學，我有個請求——可以把兵藤一誠借給我嗎？」

這名以高姿態的語氣拜託別人的女生，是網球社的社長——安倍清芽學姊。第一學期時她們曾經因為社團對抗賽有點摩擦。

社長瞇起眼睛回答：

「聽到妳拜託我這件事只會讓我想拒絕，不過還是姑且先聽聽看妳有什麼理由。」

沒錯，安倍學姊之前也曾經為了我挑戰社長。結果雖然是我們神祕學研究社獲勝……但是包括比賽的過程在內，那真的是糟到令我難以忘懷的對決！

對於安倍學姊而言，寄宿在我身上的赤龍帝之力似乎相當具有吸引力。這次也是為了那個嗎？

安倍學姊完全不知道我在想什麼，接著說下去：

「其實這次是因為家父出差回來，我想請兵藤當我的幫手。」

幫手？我嗎？

「哎呀哎呀，我可不准妳欺負我們的一誠喔？」

啊，朱乃學姊對我真好。我好感動！

「……或許是名為幫手的死亡條件。」

小貓則是說出不吉利的話！拜託饒了我好嗎，小貓……

「可是知道別人碰上麻煩，總是會想要幫忙解決。」

愛西亞以溫柔的語氣開口！

「妳說想請一誠當妳的幫手，具體的內容是什麼？」

社長再次詢問安倍學姊。

「家父叫我去相親。我明明還只是高中生，這樣實在太早了。雖然我也向家父說過，但是他完全聽不進去……家父是個相當頑固的人，一旦想到什麼就會立刻決定。」

喔喔，相親啊。

聽見這件事，社上的型男——木場點頭說道：

「原來如此，安倍學姊家是源遠流長的魔物駕馭者家系。令尊應該是想盡快決定女婿人選吧？」

「就是這麼回事。不愧是木場。」

沒錯，這個人是魔物駕馭者……這讓我想起不好的回憶，忍不住抖了一下。

潔諾薇亞聞言，對附近的紙箱說道：

「加斯帕，聽說她是魔物駕馭者。那麼身為吸血鬼的你最適合幫她解決問題吧？」

聽到潔諾薇亞這麼說，紙箱裡傳出「噫——————」的慘叫聲。

「我、我不要~~~~！我一定幫不上她的忙——————」

繭居族加斯帕因為害怕第一次見面的安倍學姊，今天也是躲在紙箱裡。

神祕學研究社的社員都是惡魔，這件事基本上是對學園裡的學生保密。安倍學姊是因為暗中和社長交換密約，所以才知道我們的狀況，算是特例。

除了安倍學姊以外，駒王學園的幼稚園、國小國中高中、大學部當中，似乎還有其他在校生知道惡魔的存在。我是沒見過幾個，不過社長和蒼那會長都認識他們。聽說多半都是具有異能的人類，或是出身特殊家系……

社長嘆了口氣再次發問：

「也就是說，妳希望借用一誠破壞這次相親嗎？」

安倍學姊也點頭同意：

「是啊，我想請兵藤扮演我的男朋友。我已經告訴過家父，說我有男朋友了，所以不想相親。結果家父就說要取消這次相親也可以，只是有個條件。只要借我一天就可以了……哎呀呀，我好像突然感覺到很多敵意呢。」

學姊似乎感覺到一陣惡寒。我環視社辦，所有女性社員都對安倍學姊投以危險的眼神。

大、大家是怎麼了……？

「找一誠先生當男朋友……？」

「豈有此理，就連我也還沒和一誠……」

「饒不了她。」

「就是說啊，沒錯。」

愛西亞、朱乃學姊、小貓、潔諾薇亞的聲音都很低沉嚇人！

社長會不會也跟著生氣啊！因為社長特別寵愛我，應該很討厭我介入這種感覺很危險的事吧！安倍學姊所說的條件，八成也是我必須努力解決的事！

我原本還這麼以為，沒想到社長把手靠到嘴邊，一副沉思的模樣。嗯——看起來實在不像在生氣。

她瞄了我一眼之後，立刻對安倍學姊開口：

「我知道了。只要妳能付出相對的代價，我就答應這件事。」

社長這個出乎意料的答案，讓所有社員都嚇了一跳！

就是這樣，我必須扮演安倍學姊的男朋友，幫她取消相親……

話說取消的條件是什麼？我滿腦子只有不祥的預感……

○●○

下個星期六，我們吉蒙里眷屬被找來安倍學姊家。

雖然對方只有找我，但是以社長為首，所有人都因為擔心而跟過來了！

嗚嗚，有夥伴真是太棒了！我太感動了。

來到學姊家，迎接我們的是棟大到誇張的洋房。庭院也很大，內部也非常漂亮。平常好像只有學姊一個人住在這裡。她的父母都在工作，是飛遍世界各地的知名魔物駕馭者。聽說這次是許久不見的父親回來，提出要她訂婚的想法。

不過我們家今年夏天也在社長的擅自作主下，變成一棟地上六層、地下三層的豪宅。

我們進入洋房走過穿廊，一路被帶到室內游泳池。

不知為何，這裡還備有我們的泳裝，於是我們換裝之後來到池畔。

唔喔喔喔喔！社長和朱乃學姊穿的都是布料面積很小的泳裝——————！每動一下胸部就會彈來彈去！愛西亞和小貓的是加了荷葉邊的可愛泳裝。潔諾薇亞是競技泳裝。女性社員穿起泳裝，真是令人大飽眼福。

就連學弟加斯帕也穿上可愛的女生泳裝……

「你跟著穿什麼勁啊。」

我姑且還是吐嘈了。不過他的長相就像女生，穿起來倒是挺適合的。

「呀啊！可、可是如果我穿男生泳裝的話，胸、胸、胸口就會毫無防備，後果不堪設想啊～～～～！」

「誰看到男人的胸部會高興的！」

算了，和學弟打鬧就到此為止吧。

「歡迎，請過來這邊。」

安倍學姊請我們坐到池畔的桌子旁邊。

大家在桌邊坐定之後，學姊這才正式公布取消相親的條件。

「家父提出的條件——是由魔物駕馭者互相競爭的對戰。」

「那是什麼？」

我詢問安倍學姊，學姊便一邊扳手指一邊回答：

「就是驅使陸、海、空三種魔物的三場比賽！只要兵藤贏過家父兩場以上，就可以取消婚約。」

「陸、海、空啊……話雖如此，我又不是魔物駕馭者，實在沒什麼自信……」

我到現在還沒有使魔耶？突然叫這樣的我駕馭魔物戰鬥，而且還要在競賽當中獲勝……

嗯——應該相當困難吧？

正當我偏頭苦思時，安倍學姊指著某個地方：

「沒問題的，我方要駕馭的魔物已經決定了。首先是陸地的魔物！出來吧！」

「呵哮————————！」

熟悉的咆哮和搥胸聲，讓我為之僵硬！難……難道！

我們眼前出現一隻巨大的白猩猩————！果然是這傢伙嗎！

牠還對我投以熱情的眼神！

「嗚呵♪」

「陸地魔物是這個女孩，雪女克莉絲蒂。」

「就告訴妳不要說這隻雪地猩猩是雪女！妳是在粉碎我的幻想！」

各位！你們知道嗎？這個世界的雪女不是身穿和服的妖豔美女妖怪，而是我眼前這隻體格健壯的白猩猩喔……？

這傢伙名叫克莉絲蒂。是隻母雪怪。我一點也不想稱牠為雪女！

之前和安倍學姊進行網球對決時，我和社長搭檔對抗這隻雪地猩猩。還用了什麼冷凍吐美的怪體招式害我們陷入苦戰……我真不願意回想。

「感覺牠的毛皮比之前見到時還要有光澤。」

社長說得十分佩服！毛皮的狀況怎樣一點也不重要吧！對象是猩猩、猩猩耶！

「在陸地魔物的對決中，我想請兵藤駕馭克莉絲蒂，和家父駕馭的魔物進行對戰。」

竟然要我駕馭這隻猩莉絲蒂！

「嗚呵……」

不准用水汪汪的眼睛看我！可惡！看來上次的那場網球對戰真的讓牠喜歡上我了！為什麼沒有女朋友的我會被猩猩看上！我憎恨這個世界！

「接下來我要叫出海洋魔物。是人魚。」

安倍學姊一個彈指，游泳池裡——水中便有個東西動了！那個東西以驚人的速度在池中游來游去！

「人魚！真的假的！」

聽到安倍學姊的話，我的臉色為之一亮！

人魚是上半身是美女、下半身是魚的可愛生物吧！

「說到人魚就會想到美妙的歌聲呢。」

朱乃學姊也在一旁加以補充！嗚哇——真是令人期待！

唰嘩！

人魚大人從安倍家的游泳池當中跳出來！

「這就是人魚，艾絲特莉娜。」

安倍學姊如此介紹的——是隻長腳的大魚。外型看起來簡直就像鮪魚長腳！

「魚魚魚。」

還魚魚魚！這是什麼名符其實的叫聲！

話說這根本就是魚吧！完全就是一條魚————！

「這隻奇妙的生物是什麼！」

我嚇到眼珠差點蹦出來，安倍學姊大大方方地回答：

「人魚啊。」

咦————————！

「住手！不要繼續破壞我的夢想！我從剛才開始就已經淚流不止了！」

這就是人魚？她說得是真的嗎？騙人的吧？太過分了！太殘酷了吧！破壞夢想也該有個限度！搞出這種長腳的魚類怪物到底對誰有好處！

「這種東西哪有辦法展現美妙的歌喉！明明就是魚類！」

「太失禮了。艾絲特莉娜，唱給他聽聽。」

安倍學姊如此命令大型魚類。

「魚魚魚～♪魚腸☆」

牠用高亢沙啞的聲音不知道在唱什麼！我怎麼聽都像是詛咒之歌！魚腸又是什麼！

「請阻止牠再唱下去！我會想拿魚叉射牠！」

為什麼！雪女也好、人魚也好，為什麼世界總是針對我釋放惡意！

其實我也多多少少有這種預感！整個走向就是這種感覺！可是！我總覺得這個世界應該有點溫情！如此殘酷的下場讓我淚流不止！

「好可愛的歌。」

愛西亞的雙眼閃閃發亮！剛才的歌好像有某種要素抓住愛西亞的心。

「太、太殘酷了……」

我當場癱倒在地。那怎麼看都是長腳的鮪魚……要是我釣到這種東西，肯定會假裝沒看到立刻放生。因為感覺不趕快讓牠回到海裡會被牠詛咒，超可怕的！

「……乖乖乖。」

小貓摸摸我的頭安慰我。嗚嗚，小貓！

身為貓又的小貓明明這麼可愛，雪女和人魚卻是怪物……我討厭這種現實——！

我的心情十分沮喪。這時安倍學姊一邊悠閒喝紅茶一邊說道：

「人魚當中似乎也有童話故事裡的那種形象，但是普遍來說都是這種。」

「哪裡普遍了！怎麼想都是超乎想像的怪物吧！嗚喔喔喔！我不想在腦內辭典的人魚項目記下這種才是人魚！」

等等，那隻艾絲特莉娜躺在池畔，看起來相當痛苦，嘴巴還在不停開合？

「魚魚……」

「哎呀呀，不好了。看來是缺氧了。因為牠是用鰓呼吸，上了陸地就會死。」

用鰓呼吸！也對！畢竟是魚！

「既然如此，就讓牠回到海裡！讓牠活在深海對牠和我而言，都是最和平的選擇！」

將那條名叫艾絲特莉娜的魚放回游泳池裡之後，有個人影走向我們。

「大小姐。老爺再過不久就會回來。」

我們身邊出現一個頭上長雞冠、嘴上長硬喙、手上長羽毛，看起來既像鳥又像人的男性魔物！

聽到那個鳥人的話，安倍學姊點頭回應：

「好，我知道了。對了，還沒向各位介紹。這是我的專屬保鑣，也是空中魔物的代表，鳥人高橋。到時候也要請兵藤駕馭他。」

「高橋？怎麼會是日本名字？日本的哪裡有這種鳥人！」

「高橋來自神戶。」

「神戶？神戶有鳥人？」

「奇怪了。鳥人應該是住在復活節島的傳說魔物……」

對魔物還算熟悉的潔諾薇亞歪頭表示困惑。

鳥人原本是住在有摩艾像的島上啊！

那位鳥人先生解答了潔諾薇亞的疑問。

「喔喔，你是說渡邊家吧。我的祖先已經歸化日本籍，改姓高橋了。」

「這樣我搞不清楚日本和復活節島哪邊才是正確的——！算了，都無所謂了！」

不可以想得太深入！嗯！神戶有鳥人！住在神戶的人如果看見鳥人還請聯絡我！

「你就是大小姐委託的傳說之龍——赤龍帝寄宿的少年吧？呵呵呵，原來如此，真是相貌堂堂啊。我是高橋。名字寫成輝空唸成ＳＫＹ。請多指教。」

鳥人高橋輝空（ＳＫＹ）先生展現紳士風範找我握手。聽見這個鳥男的閃亮名字，我不禁感到一陣暈眩。

「是，請多指教。不過會對這個過度講求現代感的名字覺得很火大，難道是因為我還年輕嗎？標音的人也會覺得很煩吧。」

「呵呵呵，年輕是好事。我年輕時也有個特技，只要走三步就會忘記事情。」

「那叫像雞一樣健忘吧！雖然你的頭長得和雞一樣！而且那叫哪門子特技！是缺點吧，缺點！一點也不能當作賣點！」

糟透了。雪地猩猩、長腳鮪魚、雞頭人，這是怎麼樣？怎麼想都是特攝英雄片裡的敵方怪人……名字還是克莉絲蒂、艾絲特莉娜、高橋……不行，我真的淚流不止。

「一誠，你要加油喔。我們也會協助你的。」

社長如此激勵我！社長──！真是太溫柔了！不愧是我的大姊姊！

不過我的心中一直有個疑問。為什麼社長這次會二話不說答應這件事呢？關心僕人的社長之所以接受安倍學姊再次提出的無理請求，是不是有什麼理由？

「社長為什麼會接受安倍學姊的請求啊？」

聽到我的疑問，社長苦笑開口：

「我自己也因為婚約的問題引發騷動吧？所以心裡有點感觸。」

……對了。第一學期時，社長的雙親也擅自決定她和未婚夫之間的婚約。

社長想要自由戀愛，所以很排斥那個婚事。不過那個婚約也在我們眷屬的奮鬥之下取消了。社長大概是覺得學姊的婚約，和自己當時的境遇很相似吧。

「我知道了！我會加油的！」

「很好，這才是我心愛的一誠。」

社長摸摸我的臉頰。啊啊，太棒了——

不過她也同時面帶燦爛的笑容說道：

「只是不行對安倍清芽心懷不軌喔。」

笑容當中充滿震撼力！好可怕！朱乃學姊也貼到我的耳邊說道：

「社長對親近的女性在某種程度還算寬容，對於除此之外的人就非常嚴厲喔？你可不能偷情喔。」

「朱乃，我都聽到了。」

「哎呀哎呀，好恐怖。」

軟！穿著泳裝的朱乃學姊貼過來抱住我————！因為我也只穿著一條泳褲，皮膚直接感受到朱乃學姊豐滿胸部裸露在外的部分！啊啊啊啊啊，胸部滑嫩又有彈性的觸感讓我噴出鼻血！朱乃學姊的身體這種像是會吸住皮膚的柔軟觸感真是讓人招架不住！

「真是的。」

社長一邊嘆氣，一邊擰我的臉頰。好痛好痛！社長真是愛操心。我一點也不打算找社長以外的人當主人喔？

反觀游泳池另一邊，愛西亞、潔諾薇亞、木場在玩球，小貓和加斯帕則是套著游泳圈悠閒浮在水上。

唉，除了我以外的人都好放鬆。我接下來說不定會被捲入艱困的戰鬥裡……如果我碰上危機，大家真的要來救我喔。

然而如此和平的玩樂時間當然持續不了多久。

「好了，我也該去準備迎接家父了。」

安倍學姊要去迎接她的父親！取消婚約作戰正式開始！

○●○

在烏雲密布的陰暗天空之下，我們從泳裝換回原本的服裝，來到洋房的庭院，等待安倍學姊的父親到來。

門口那邊傳來噠噠的馬蹄聲，某種異樣的東西逐漸接近！

散發危險氣息出現在門口的——是個高大健壯的男子！

他騎著高大黑馬，戴著裝有角飾的頭盔，身披斗篷！眼神十分銳利！那是從哪個平行世界轉移過來的人！怎麼看都是暴力支配一切的國度當中的強者！這、這名彷彿世紀末拳王的人，就是安倍學姊的父親嗎……？

「你就是和女兒交往的大膽狂徒嗎？」

他瞪著我以沉重的聲音開口！太可怕了——————！而且我在他心目中已經被當成大膽狂徒了！

安倍學姊挽著我的手說道：

「沒錯，父親大人。他就是我的男朋友，兵藤一誠。」

唔，嗯。學姊的胸部碰到我的手臂了。好、好軟……

抖。我感覺到某種不知名的壓力，轉過視線便看見社長臉上帶著笑咪咪的表情，身上卻散發鮮紅色氣焰！她、她生氣了————！你們不是過來幫我的嗎！

安倍學姊的父親騎在巨馬上開口：

「好吧。就由老夫親自掂掂你的斤兩，看你是否適合當安倍家的女婿。」

錚！學姊的父親背後閃過怪異的雷光！

對決終於就此開始！

第一場是陸地魔物的對決！在庭院裡畫線圍出長方形的戰場！戰鬥即將在這裡開始！

「老夫先派出這隻。出來吧！」

學姊的父親大喊之後現身的——是隻體型比克莉絲蒂大上一圈的雪地猩猩！

唔喔喔喔，全身上下都是傷疤！

很有身經百戰的強者的感覺！身上散發的氣焰也是非同小可！

「安倍學姊，那隻公雪怪的魄力真不是蓋的……克莉絲蒂打得過牠嗎？」

我如此詢問安倍學姊，只見她搖搖頭。咦？這是什麼意思？我心裡正覺得奇怪時，安倍學姊直截了當地說道：

「那是克莉絲蒂的姊姊，史蒂芬妮。」

…………嗯？我覺得自己聽錯了，又問了一次。

「……姊姊？……史蒂芬妮？那、那隻是母的？」

「沒錯，是個少女。」

「雪地猩猩該不會只有母的吧！」

話說這是姊妹對決！這下戰況會如何發展啊！

「裁判由我，木場祐斗擔任。」

木場站到戰場中央，把兩隻雪地猩猩叫到場地當中。

我和學姊的父親則是站在場地邊緣，對牠們做出指示進行戰鬥！

「開始！」

木場如此一喊，陸地魔物對決就此開始！

「史蒂芬妮！先用捶胸！」

「呵哮————！」

咚咚咚！對方的猩猩聽從學姊父親的命令開始敲打胸膛！

「雪女的搥胸有提高本身攻擊力的效果！」

還有這種事！原來有這種效果！感謝您的解說，學姊的父親！

「那麼我們也用搥胸，克莉絲蒂！」

「嗚呵呵呵呵呵！」

但是克莉絲蒂不顧我的指示，突然在場地當中奮力衝刺！

她在幹什麼！看見她的舉動，小貓輕聲說道：

「那是……雪女的特殊技，雪分身。」

雪分身？正當我感到訝異時，克莉絲蒂變成兩隻、三隻、四隻，最後有無數的猩猩占據整個場地！

原來是分身術！雪分身是吧！話說猩猩也太多了！這種景象真是糟透了！

「妳知道這招嗎，小貓？」

聽到朱乃學姊的問題，小貓開始解說！

「……這是只有棲息在日本阿爾卑斯的雪女才能學會的高難度祕技。據說在修煉之後分身甚至能做出和本尊不一樣的動作。」

還有這種事！真是個莫名其妙的世界！

「唔！有兩下子！指示她使用搥胸，實際上卻是使用雪分身！」

學姊的父親低聲唸唸有詞！不對！這只是那隻猩猩自己做出完全超越我的理解範疇的行為罷了！

「史蒂芬妮，我們也不能輸！用冷凍撲殺棒進行反擊！」

那是什麼聽起來不吉利到了極點的攻擊招式！史蒂芬妮從帶在身上的包包裡一陣翻找，拿出某樣東西！——是香蕉！

「呼呼——！」她用冷凍吐氣將香蕉瞬間凍結，然後朝空中高高拋起！各位！這些猩猩還會使用冷凍吐氣喔！

「嗚呵！」

盯著香蕉的克莉絲蒂和其他分身也朝空中高高跳起！

這是看見香蕉的反射動作吧！既然是猩猩，這也是沒有辦法的事！

話說那就是冷凍撲殺棒？不就是普通的冷凍香蕉嗎！

克莉絲蒂打算撲向香蕉！不妙！分身也消失了！渾身上下充滿破綻！史蒂芬妮立刻抓準機會，朝克莉絲蒂的本尊使出衝撞！

咚叩！

「嗚噗！」

毫無防備的克莉絲蒂挨了那記衝撞，飛到場地外面，狠狠摔在地上！

「……以雪女最喜歡的冷凍香蕉吸引對手的目光，趁隙攻擊……如果是一般的雪女，一定無法抵抗香蕉的吸引力，馬上自己吃掉吧。然而她卻能將香蕉當作道具加以活用……對方的雪女能夠戰勝對香蕉的欲望，可見經過相當的鍛鍊……」

小貓做出有如解說員的評論。咦？她原本是走這種路線嗎？難不成她其實是隱藏的魔物戰鬥愛好者？

趴在地上的克莉絲蒂一動也不動。唉，這下沒救了。

「獲勝的是史蒂芬妮！第一場是由安倍學姊的父親贏得勝利。」

身為裁判的木場如此宣告！

可惡！先被對手贏了一場！原來猩猩對決這麼深奧！還得把香蕉加入戰術之中！

猩莉絲蒂，我不會讓妳白死的，應該！雖然妳也沒死！

「哼哼哼。輕而易舉。老夫可不會答應這種程度的傢伙和女兒幽會。」

學姊的父親露出無畏的笑容！我贏得了這個人嗎？我的心中充滿不安！然而也同時燃起鬥志！既然到了這個地步，我絕對要贏！

「接下來是海洋魔物對決啊。對決的場地是那個游泳池吧。好，在對決之前先讓你們見識一下老夫的魔物。」

在雷鳴聲響當中，電光映出巨大魚型怪獸的身影！

巨大的鯊魚輪廓——再加上兩條腿的怪獸！嗚喔喔喔！是艾絲特莉娜的鯊魚版！

散發的氣息相當危險！光看外表就覺得很強！誰叫我們這邊的外表是隻鮪魚！怎麼想都是鯊魚比較強吧！

但是——鯊魚魔物一點也沒有要動的跡象，只是張大嘴巴傻傻站立。

「…………」

騎在馬上的學姊父親覺得奇怪，摸了鯊魚一下，結果——「啪噠！」一聲倒在地上！奇怪了？這隻鯊魚毫無反應。

「啊，因為是鯊魚所以必須一直游泳，否則就會死。」

…………咦咦咦咦咦咦咦咦咦咦咦咦咦咦咦！學姊的父親如此少根筋的發言，讓我們大吃一驚！

木場靠過去確認鯊魚的生死。不久之後搖頭宣告：

「第二場獲勝的是一誠同學！」

我獲得一場讓人不知道該說什麼的勝利。連比都沒比就贏了這場比賽！

題外話，在池畔等待我們的人魚艾絲特莉娜，也在沒人知道的狀況下缺氧而死。

過了幾天，餐桌上出現鮪魚肚和魚翅，不過這都是之後的事。

接下來終於要進行最後一戰！

—○●○—

最後一戰。空中魔物對決。我們也換了一個場地，來到沒有人煙的深山。我們是利用惡魔的移動方式，也就是轉移用的魔法陣跳躍過來。既然是深山就不用擔心有人看見，可以讓魔物盡情飛翔。

我和學姊的父親在充滿岩石、凹凸不平的地方彼此對峙。這裡相當開闊，放眼望去是遼闊的天空，沒有任何障礙物。

「雙方騎在自己的魔物身上，進行空中決戰。沒問題吧？」

學姊的父親告知對決規則。原來如此。等等！學姊的父親準備的是隻巨大怪鳥！

「嘎喔————！」

怪鳥發出可怕的咆哮聲恐嚇我們！噫————！要是被那個尖銳又巨大的鳥喙啄中，我的肚子會開個大洞吧！

我的搭檔是高橋先生！我現在身在鳥人高橋的背上。他等於是揹著我。

「呵呵呵，少年。這種感覺真好。這種風、這種感覺正是所謂的戰鬥。」

「為什麼這麼亢奮啊……我好想趕快回家，想得不得了……」

「這麼說來，現在的我是風向雞吧！」

我討厭這隻雞。真是莫名其妙，我超想揍他的……羽毛的觸感很舒服更是讓我火大！學姊的父親也和怪鳥一起飛上空中。而且還騎著馬！他和馬一起騎在怪鳥背上！怪鳥載著騎在巨馬背上的世紀末拳王。那副模樣實在太過異常、太有震撼力了！他就這麼喜歡待在馬背上嗎！

木場站到雙方的中央大喊：

「最後一戰！請開始！」

啪！怪鳥在空中高速到處亂飛！好快！這下糟了！如果對方以那種速度衝撞過來，光是這樣就足以對我們造成重傷！我們也得趕快飛上天空！

「高橋，我們也飛上天——」

「唔喔喔喔喔喔喔喔！」

咚咚咚咚咚咚咚！高橋沒等我說完便猛力衝刺，在地上奔馳！咦————！這個鳥人在幹什麼！

「等、等一下，高橋！為什麼是全力衝刺？你不是鳥人嗎？要是不飛上天要怎麼進行空中對決啊！」

「呵。雖然我是鳥人，卻是名古屋土雞的鳥人，基本上不會飛！」

他說得自信滿滿！

「不會飛——！還有什麼名古屋土雞！你的出身地不是神戶嗎？」

「神戶可是很大的！」

兵庫縣遭到忽略了！這隻鳥是怎麼回事——！他的祖先不是從復活節島來到日本的嗎？為什麼會變成名古屋土雞！

「太隨便了吧！你們對於這方面的設定就這麼隨便嗎？而且名字叫ＳＫＹ卻不會飛，根本是詐欺吧！」

「我不是炸雞！是名古屋土雞！」

「小心我把你做成串燒喔，這隻臭鳥——！」

「有破綻！」

「喝啊！」

正當我和名古屋土雞起爭執時，學姊的父親操控怪鳥向我們衝過來！

高橋輕盈躲過攻擊！喔喔！雖然不會飛，閃躲能力倒是滿了不起的！

「有兩下子！不過還沒結束！」

我看見學姊的父親又對怪鳥下達指示！

開張大嘴巴！

吼————！

怪鳥從口中吐出特大火球！

轟————！轟————！

火球朝我們落下————！

「中了那招我會變成真正的烤雞呢，哈哈哈！」

「笑什麼啊，這隻臭鳥————！連我也會變成烤龍好嗎！快逃快逃————！」

高橋四處逃竄，拚命閃躲襲向我們的火球！

不行！不會飛的鳥根本沒有勝算————！

吁——呼——吁——呼——！我上氣不接下氣。會死。再這樣下去我會沒命！

我和高橋好不容易撐過對手的攻勢，躲在一塊大岩石後面。

我躲在暗處避免被發現，同時抬頭一看，只見學姊的父親和怪鳥在天上飛來飛去，四處尋找我們！

這裡被他們發現，或許只是早晚的問題吧。總之也只能先調整呼吸，冷靜思考該如何應戰了！

好！和高橋一起研擬作戰計畫好了！高橋也大口吸氣吐氣。

「像這種時候必須冷靜下來。我們家有一條家訓。進三步退兩步就能讓腦袋放空……

咦，我在做什麼？這裡是哪裡？你是誰？長得和我的親戚吉田很像耶？你是吉田嗎？」

——記憶消失了？

「不只放空，根本是清空————！你這個健忘的雞腦袋！話說你的親戚吉田又是誰！

長得像我嗎？我長得那麼像名古屋土雞嗎？啊啊夠了！我開始搞不懂自己在講什麼了！快要

對名古屋土雞留下不好的回憶！」

——不行了。

我躲在藏身處抱頭苦惱。

「話說吉田，這裡是哪裡？」

那個雞腦袋混帳開始四處張望。

我沒辦法善加運用這隻雞————！正當我如此煩惱時——視野裡出現一個紙箱。

這、這該不會是！我戰戰兢兢打開紙箱，加斯帕就在裡面！

「……學、學長好。」

「喔，加斯帕！你怎麼會在這裡啊？」

[illegible]的[illegible]我被送到這裡來了。是、是社長要我來拯救一誠學長的危機……」

原來如此！如果是紙箱就不會遭到懷疑！不，看起來還是相當可疑！紙箱裡裝著女裝少年吸血鬼喔？而且還是在這種深山的岩石後面！

我想社長他們大概是透過小規模的魔法陣，將這個非常方便的網購道具送過來的吧。這個傢伙的特殊能力是停止視野當中的東西的時間！這種最強道具，就連大型購物網站都沒在賣！

「你最近真是相當活躍呢。也太方便了。」

「雖、雖、雖然不太清楚是怎麼回事，不過我會加油的——」

加斯帕一副相當害怕的樣子，不過沒問題。有他在就搞定了！

啊！紙箱上還貼有一封信！信封上寫著社長的名字！我最愛的人！信上是這麼說的。

『要加油喔。我相信你會獲勝。給我心愛的一誠』

——！

我從岩石後面尋找社長。啊！在一處高台上找到社長和其他社員！

我感動得熱淚盈眶。啊，我愛上的她果然是最棒的女人！無論如何她都會相信我！光是再次確認這一點，就讓我覺得自己有充分的勝算！

就連作戰計畫都想好了！也只有這招了！

「高橋！」

我呼叫鳥人高橋。

「什麼事，吉田？」

事到如今，我就不吐嘈那種小事了！

「請你從岩石後方出去，對著那隻怪鳥揮手吶喊好嗎？」

「雖然不知道是怎麼回事，不過既然吉田都說了，我也沒有理由拒絕。喂——！」

喔喔，他毫不猶豫地衝出去了！抱歉，高橋。我其實是要拿你當誘餌！

高橋立刻就被發現。怪鳥瞄準高橋，急速俯衝而下！

就是現在！我高舉裝有加斯帕的紙箱大喊！

「加斯帕！那就是目標！停住牠——！」

「是、是的——！」

錚！紙箱發出紅色的閃光——剎那間安倍學姊的父親騎乘的怪鳥在空中停下動作。

咻——

安倍學姊的父親和怪鳥就這麼掉下來。在他們的下方——高橋還在那裡！

怪了，使用加斯帕的力量，不是可以讓東西直接停止在空中嗎？以這個傢伙的能力來

飛行物體應該也會停在原處！

不知道是加斯帕的能力正在變化，還是那個世紀末拳王和怪鳥原本就不該停在空中。

安倍學姊的父親和怪鳥重重摔在地上！

轟隆————！

高橋也遭到波及，毫無抵抗能力——

「咕咕————！」

名古屋土雞的慘叫聲在山間迴盪。

—○●○—

我們離開深山，再次回到安倍學姊家。

「是老夫輸了。這樣一來只能認可你和女兒交往了……婚約就取消吧。」

學姊的父親好像還是不太能夠接受。

在那之後很快分出勝負。

好吧，這一切都是多虧社長的機智——也就是加斯帕的協助。

被怪鳥撞上、奄奄一息的高橋也在愛西亞的治癒之力之下恢復了。

「今天真是太開心了。希望未來我們可以在戰場上再見，吉井。」

那個鳥人找我握手。嘿嘿嘿，我一點都不想再見到你。

「嗯。不好意思，我們家愛西亞好像沒辦法連健忘一起治好。話說你本來不是叫我吉田嗎！不對，我是兵藤！」

我向高橋道別之後，安倍學姊過來找我。

「兵藤，今天真是太感謝你了。多虧有你，我才能取消婚約。」

「不客氣，這次只能勉強算是不負所託。」

總覺得學姊好像有點忸怩……

「這次事出突然，你、你卻願意為我這麼認真付出，我真的感到很高興。」

哎呀，學姊不像平常那麼高姿態。怎麼了嗎？

「你和高橋他們一起奮戰的模樣，有、有點帥氣呢……」

她也太過忸怩了吧。怎麼變得這麼可愛……怎麼會產生這種變化啊？

正當我覺得奇怪時，視野當中冒出一抹鮮紅。

「如果你不嫌棄，今天晚餐要不要——」

「社長！」

啊，我不小心打斷安倍學姊的話，叫住社長！沒辦法，因為社長出現在我的眼前！

「啊、不好意思，學姊想說什麼？」

大家詢問，不過安倍學姊只是面露苦笑嘆氣：

「看來我應該沒有勝算吧。沒什麼。」

這是她的回應。什麼？她剛才到底想說什麼？

我對安倍學姊點頭示意之後，衝到社長身邊。

「社長！我能獲勝都是社長的功勞！」

社長聽到我的報告，露出微笑：

「這樣啊。看來你順利完成委託了。」

「大家呢？」

其他社員在不知不覺間不見蹤影。

「因為清芽同學給這次委託的代價，是各種和魔物有關的道具，大家為了把那些搬回社辦，都先回去了。」

原來是這樣啊。我也應該要幫忙搬。

社長挽住我的手。

「好了，我們一起回去吧。路上順便買些鯛魚燒，回去大家一起吃。呵呵呵，我們可以一路約會到鯛魚燒店。」

離開安倍學姊家，我和社長踏上歸途。回程約會！太棒了！嗚哈哈！太幸福了——

「……還是這種時候最幸福了。」

社長緊緊摟著我的手，不知道在自言自語什麼。

「咦？妳說什麼？」

聽到我的反問，社長只是可愛地眨眨眼：

「祕密。」

雖然不知道是怎麼回事，不過社長的笑容真是可愛極了！光是這樣就讓我覺得這次委託的疲勞完全消失。

Life.3　惡魔也會生病

這是發生在擊退北歐惡神洛基之後不久的事。

……午安，大家好…………我是兵藤一誠。

……真抱歉，我的情緒如此低落。其實……

「哈啾！」

……我用力把鼻水吸回去。沒錯，我的身體狀況從一大早就不太好。

好不容易刷好牙，我踏著不穩的步伐走向餐桌。喔喔，雙腳好沉重，頭也好暈……

「哎呀，一誠。早安。」

先起床的社長帶著笑容向我打招呼。啊，社長今天也好美。

我的父母、住在一起的眷屬們都已經聚集在餐桌旁邊了……我是最後一個啊……

正當我準備就座時，突然覺得餐桌變得好遠……

……怪了？視野也變得模糊……我揉揉眼睛，但是症狀完全沒有改善……

我的身體搖晃，整個人使不上力……往後方……

咚。

……有個人撐住差點倒下的我。我轉頭一看，是潔諾薇亞。

「喂，一誠，你還好吧？臉很紅喔。」

「……喔喔，潔諾薇亞……不好意思。」

愛西亞也湊了過來，把手放在我的額頭上。啊，愛西亞的手掌好涼，挺舒服的……

「——！體溫好高！」

聽見愛西亞驚叫出聲，圍在餐桌旁的大家臉色大變。

……這樣啊，我……發燒了……知道這件事之後，意識也開始模糊……

「一誠！你該不會是感冒了吧？」

社長也把手上的盤子放在桌上，趕到我身邊。

「惡魔也會感冒嗎？應該說會得人類的感冒嗎？」

「……不，這個樣子大概是惡魔的……」

伊莉娜和小貓在一旁竊竊私語……因為我的雙親還不知道惡魔的事。

羅絲薇瑟拉起我的手，測量我的脈搏。

「脈搏有點快。我看還是找醫療機構看一下比較好。」

聽見她的報告，朱乃學姊也對社長說道：

「還是聯絡醫院吧，莉雅絲。」

「是啊，朱乃。我立刻聯絡吉蒙里家指定醫院！」

……醫、醫院嗎…………冥界的？

「喂喂喂，一誠，你感冒了嗎？」

「哎呀呀，看起來好像很嚴重！你還好嗎，一誠？」

老爸老媽好像也很擔心……

我就在大家的呼喚之中，逐漸失去意識——

……等到我恢復意識，看見陌生的天花板。

我躺在床上——手上打著點滴。看來這裡是醫院——我人在病房裡吧。

……奇怪？我雖然全身無力，還是準備上學下去一樓，前往客廳……到這邊為止我還記得……不知道是不是我多心，總覺得身體稍微舒服一點……是因為打了點滴嗎……？

就在記憶依然混亂時，一頭紅髮映入我的視野。

「一誠，你醒啦。」

社長探頭看著我的臉，一副放心的模樣。

「一誠先生！太好了！」

「你失去意識時，我嚇了一大跳。」

……愛西亞和朱乃學姊也在。愛西亞的眼眶又紅又腫……是不是哭了？……我又讓愛西亞擔心了。

「……那、那個……這裡是……？」

聽到我的問題——

「你在家裡昏倒之後，就被傳送到冥界的這間醫院。你還記得嗎？」

社長如此說明……這樣啊，我昏倒之後被送進醫院了……這裡是冥界啊。說得也是，我是惡魔，所以沒辦法去人類世界的醫院。

所以這裡就是我的病房囉。我的病有那麼嚴重……？我、我還不想死啊……我還沒和社長做色色的事……這、這樣會死不瞑目！

不過就連這種時候我還能想到那個方面，或許沒有嚴重到會致命吧。

「我去向老師報告發生什麼事。」

如此說道的羅絲薇瑟離開病房。

我轉頭環顧四周。

小貓……還有加斯帕坐在病房裡的椅子上，靠在一起睡著了。

就連沒有和我們住在一起的加斯帕，也為了我特地趕到冥界的醫院。

他們兩個大概是一直等我醒來，累得睡著了吧。如果真是這樣，那還真是過意不去，小貓、加斯帕。

「聽說轉生惡魔容易得這種病。潔諾薇亞也要小心喔。」

「嗯，雖然沒什麼感冒的經驗，不過我會注意的。」

「也對，感覺妳的確不像會感冒。妳總是元氣十足，應該不太怕病毒吧。像妳這麼單純好像也不錯。」

「總覺得妳好像把我說得像個笨蛋，不過算了。每日注意身體狀況才是解決之道。」

……伊莉娜和潔諾薇亞一邊看著厚重的書籍一邊交談……是醫療方面的書嗎？嗚嗚，我感冒了嗎？讓我搞不太清楚的狀況接踵而至，害我頭昏腦脹——

叩叩。這時有人敲門。

「社長，醫生來了。」

木場和羅絲薇瑟和一個身穿白袍的男子一起走進病房。木場也來了……我不小心在木場身上感覺到友情。

男子——看似醫生的人還帶著護士小姐……喔喔，冥界的護士也是一身白……

「這家醫院專門診治原本是人類的轉生惡魔，所以在這裡值勤的醫療人員的打扮，也都仿照人類世界。」

社長悄悄在我耳邊說明。

……原來如此，冥界還有專門針對轉生惡魔的醫療設施。說得也是。現代的惡魔社會有越來越多從人類轉生的惡魔。對於轉生惡魔來說，有類似人類世界的醫院也會比較放心吧。

護士小姐拉起我的手，開始測量脈搏和血壓。惡魔也和人類一樣要確認這些啊。還是只有轉生惡魔？

男醫生看著我說道：

「簡單來說就是感冒。是只有惡魔會得的類型。」

……也就是惡魔的感冒囉？

正當我心生疑問時，醫生繼續說下去：

「但是同時併發龍會得的感冒，出現兩種感冒複合的症狀。他原本的身體是人類，所以才會因為同時得了兩種感冒，造成身體狀況嚴重失調吧。」

還、還得了龍的感冒……？因為我是赤龍帝，所以也會得龍的感冒吧。同時發作真不是開玩笑的……！

「他的狀況如何？」

社長詢問醫生。

「打了點滴之後，現在症狀應該比較緩和了。」

嗯。比起在家裡昏倒時，確實好了一點。

「我們還有退燒針，幫他打一針好了。這樣一來症狀應該能獲得緩解。另外也會開藥給他，請在家靜養兩、三天。即使燒退了還是要暫時避免劇烈運動。也不可以打手槍喔。開玩笑的啦！」

「……禁止低級對話。」

不知不覺間小貓已經醒了，還吐嘈開黃腔的醫生。

……看來我得暫時休息一陣子。就連那方面也是。

好、好吧，反正身體狀況這麼差，也不會有什麼性慾。就連看見護士小姐也抬不起頭來，一點活力都沒有喔？身為一個好色的傢伙，這樣算是病得很重吧。

「還有，和病人住在一起的幾位也請先施打疫苗。這種感冒會傳染給惡魔。」

護士遵照醫生的指示，俐落地幫各位社員打針。

接下來輪到我。

「好了，你的是——」

咚！

…………

我看見眼前的巨大物體，眼珠差點沒掉出來……！

「這支針。」

被稱為「這支針」的巨大物體，顯然和我的身高差不多！

「……針、針、針！不不不，那怎麼看都是某種大型武器吧！我只有在搞笑短劇和漫畫裡看過那種針！」

「龍感冒就是要打這麼大的針才會有效……放心吧，你看，針頭的部分這麼細，刺進去也不至於太痛。」

不不不！絕對不行！被那麼大支的針刺到肯定會沒命！

「不會有事的——痛一下就過去了——」

啊啊，護士小姐輕輕鬆鬆舉起那根大針筒，對我露出詭異的笑容～～～……溫柔的聲音反而更讓人害怕！

「打這麼大管的針我會壞掉！咳咳！……可惡！……我因為各種原因頭暈目眩！」

「好了，這種東西是一定要的。」

醫生突然冒出莫名其妙的發言！

「就因為這樣？不要啊——……救、救命啊……」

我打算使盡最後一點力氣從床上逃走——

「忍耐一下！你是男生吧！」

「抱歉了，一誠同學。」

「撐住啊，一誠。總比被我刺好多了吧？」

但是社長、木場、潔諾薇亞壓住我。話說潔諾薇亞的發言是恐嚇吧……！

「呼——」

啊嗯。朱乃學姊突然對我的耳朵吹氣。

「呵呵呵，要制服一誠，用這招最有效。」

這個情色攻擊讓我為之虛脫……太、太卑鄙了，朱乃學姊……

「看來你也放鬆了。來，露出屁股吧。」

護士的眼睛閃耀光芒！

趁我渾身無力時，社員們迅速脫下我的褲子。我的屁股就這樣在大家面前曝光！

「……不要，這下子沒有人要嫁我了！」

面對無法承受的屈辱，我只能雙手掩面！

「一誠先生的屁股非常可、可愛喔！」

「GOOD JOB!」

愛西亞和伊莉娜說出莫名奇妙的打氣話語！我的屁股可愛又ＧＪ是什麼意思！

「放心吧，真的沒人要我會想辦法的！」

「真的嗎！」

聽到社長的話，我轉過頭去——

「好了，要打針囉——」

卻看見針筒對準我的屁股直逼而來！

「呀、呀啊————————！」

這一天，大家都看見巨大針筒刺進我的屁股。

戳。

—○●○—

……就是這樣，我打完退燒藥回到家裡。回家之後一個人躺在床上靜養。也吃過醫生開的藥。

和送醫之前相比，症狀的確減輕許多，但是疲軟乏力的感覺依然沒有改善。

嗚嗚，光是稍微撐起身體就會覺得頭暈。連上廁所都很費力……也沒什麼性慾。好吧，如果連這種時候都會滿腦子色心，大概也很有問題……

「咳、咳。」

……嗚——咳嗽也沒有停過。這和我還是人類時得的感冒有點不太一樣。

惡魔的感冒，症狀和人類的感冒相當類似，但是有個決定性的不同。那就是完全無法使用魔力。

身上完全無法發出魔力的源頭——氣焰。據說是感冒會影響製造魔力的地方，只要發病就會失去能力。

我在魔力方面完全沒有任何才能，然而儘管如此，還是感覺到某種獨特的寒意。和人類的感冒不同，而是類似第六感一直平靜不下來，感覺到強烈的不安。

就好像看了恐怖片之後害怕到不敢去上廁所的那種不安，一直盤據在心裡。彷彿是後天獲得魔力的轉生惡魔突然失去魔力時，就會有這種感受。

微寒的恐懼感不斷侵襲我……或許是因為生病吧，內心有種難以排遣的寂寞，很希望有人陪在自己身邊……

至於龍的感冒似乎會無法使用噴火之類的特殊能力，不過我基本上是人類，所以在這方面沒受到什麼影響。只是覺得全身無力。

這麼說來，從今天開始到症狀改善為止，我都得一個人睡。

嗚嗚，平常我都和社長還有愛西亞一起睡，像這種時候真的很寂寞。

……我好想念社長的體溫。在社長的懷抱裡，感受女性特有的柔軟觸感入睡，那種感覺真是超棒的……

啊啊，我好想念社長的胸部……

就在我像這樣一心掛念著社長的時候。

喀嚓。我聽見有人開門的聲音。轉過頭去，看見——

「一誠，你有乖乖休息嗎？」

是、是身穿白衣的社長！

社、社長打扮成護士的模樣————！一雙玉腿還暴露在外！

嗚！

「咳！」

因、因為一時興奮過頭，我開始咳嗽。看到社長的護士裝扮，我的心中充滿感動。心、心悸好像也跟著加重……

「……呼、呼……社、社長，太棒了……雖、雖然有點痛苦，但是我很興奮……」

儘管身體狀況惡化，我還是為了社長的裝扮流下感動的淚水。

啊啊，即使生病了，我的色狼天性果然還是不變。

「一、一誠，你還好嗎？看起來很痛苦的樣子。果然不應該打扮成這樣嗎？這是大家為了盡可能讓你打起精神，才決定打扮成這樣……」

護士裝扮的社長向我靠近，伸手撫摸我的臉頰。啊……即使今天會死我也甘願了……

「一誠先生，你還好嗎？」

──是愛西亞的聲音。我轉過頭去──看見令人震驚的景象！

我目不轉睛地盯著白衣女神。

「怎、怎麼了嗎……？」

愛西亞可愛地偏頭表示疑惑。

……端莊的愛西亞穿上堪稱清純象徵的護士服。我心想世界上大概沒有比這更強大的組合了，不禁盯著她看得出神。

護士服愛西亞。光用天衣無縫都無法形容！治癒系！治癒能力！擁有這些特質的愛西亞穿上護士服！當然適合！適合到不能再適合！

我覺得自己好像會相信女神真的存在！

……我要將她和現在的社長一起珍藏在內心的相簿裡。這真是太讚了……

「唔啊！社……社長、愛西亞……妳們穿起來都很好看……棒透了……沒有做錯……光是看見這一幕就讓我覺得自己沒有白活了……」

我摀著胸口硬是擠出笑容，向她們兩位道謝。鼻血也流出來了。不知道這是因為興奮，還是因為病情惡化而流出的鼻血，但是我知道這對現在的我而言，是相當大的負擔……

我一邊流淚一邊對她們露出微笑。

「一誠！等一下！我們只是拿水和流質食物過來喔！」

「一誠先生，你不可以死！」

兩人握住我的手……有兩名打扮成護士的美少女照顧我……這真是太棒了……

「……如果我死了，請幫我把A書處理掉。真的……全部扔了……DVD也是……不可以把那種東西當成我的遺物喔……？」

「你在說什麼！來，至少喝點水！」

「嗚——！一誠先生要死了！」

「愛西亞也別哭了。他才不會因為這點小感冒而死。」

於是我補充水分，也吃了一點流質食物，之後便陷入沉睡。

……當我再次醒過來時，時間已經是半夜。

這個時間，惡魔的工作也已經結束了吧……我就這麼請假了。再怎麼說，我好歹也有負責的常客喔？

社長和愛西亞今天都不在我的床上。我還是覺得很寂寞。

……這時感覺到一股重量。不是因為身體不適而覺得沉重。很顯然是有東西壓在我身上。我伸手摸了一下，有種非常柔軟的觸感。

我移動視線——是露出貓耳和尾巴，身穿白衣的小貓！

「呼——呼——……」

呼吸相當平穩。好像睡著了。

……嗯？這麼說來，我的身體從內到外都很溫暖。難不成是她用仙術改善我全身上下的氣血循環嗎？而且還花了一整晚。

小貓……她大概是在惡魔的工作結束之後還來幫我治療吧……

她真的很為夥伴著想。明明平常是個吐嘈很犀利的毒舌蘿莉。

我摸摸小貓的頭。

「……喵。快點……好起來……」

睡著的小貓在說夢話。

嗚嗚，小貓這麼關心我這個學長，我忍不住快哭了！

不過我到底是在哪裡得了感冒？正如潔諾薇亞所說，是因為我沒有好好管理自己的身體狀況嗎？

「……有什麼得病的原因嗎？」

正當我自言自語時。

「我們覺得可能是之前和莉雅絲交易的冥界商人帶來的病毒吧。不是偶爾會把商人叫到地下室來買東西嗎？」

是啊，這麼說來社長偶爾會這麼做——等等！

這才察覺到剛才輕聲回答我的疑問的朱乃學姊也在這裡！

朱乃學姊在不知不覺間坐在床邊的椅子上……！

而且果然也穿著護士服！短裙底下的那雙長腿還穿著網襪！

喔喔喔喔喔喔……護士服配網襪……！簡直是最強的搭配！

而且還翹著腳！朱乃學姊！請妳不要換腳！大、大腿太誘人了！

朱乃學姊的性感動作對現在的我而言負擔太大了！不過還是非常感謝！

再也沒有如此令人高興的負擔吧！嗚……這樣果然會加重心悸……

「哎呀哎呀，你還好嗎？晚上是由我和小貓負責喔？我會一直服侍你到早上♪」

服、服侍！護士裝扮的朱乃學姐要服侍我！

啊啊，要是這時我身體健康的話，就可以要求一些色色的事了……

不，就是因為我生病，才看得到大家的護士裝扮吧。

朱乃學姊的臉靠近……我的心跳越來越快……

朱乃學姊在躺著的我耳邊低語：

「我幫你擦臉喔。」

如此說道的朱乃學姊把我的枕頭墊高，讓頭部稍微向上，然後用濕毛巾幫我擦臉……涼涼的毛巾好舒服。

……不過更重要的是眼前讓我看得目不轉睛的現象……！

向前傾的朱乃學姊每次幫我擦臉——胸部就在我的眼前搖來搖去～～～……！

「感覺如何？」

朱乃學姊詢問我擦臉的感覺如何。但是我心不在焉……只顧著看晃來晃去的胸部！

「……很、很好。右、左……」

「右？左？是不是臉頰還要多擦幾下？哎呀哎呀，流鼻血了……」

朱乃學姊連鼻血都幫我擦掉了……真是讓我大飽眼福。前後左右晃動的胸部讓我流下感動不已的淚水……！生病好像也很不錯！

在我如此心想時，朱乃學姊露出挑逗的微笑：

「等到一誠恢復之後，來玩醫生遊戲好像也不錯。」

「醫、醫生遊戲嗎……？」

「是啊，就像這樣——」

朱乃學姊拿出不知道從哪裡弄來的聽診器。

然後直接放在自己的胸部上——！

噗！

看見陷進胸部裡的聽診器，我猛然噴出鼻血。

「請一誠醫生幫我看診……」

煽情的聲音完全破壞我的腦袋……！那不是A片才有的場景嗎……！

我在腦中展開邪惡的妄想！

『哎呀，姬島小姐。今天哪裡不舒服啊？』

『醫生，我的胸口好難受……一定是得了什麼嚴重的病吧……』

『哎呀，別這麼說。那麼我用聽診器檢查一下吧？請露出胸部——讓我檢查妳的胸口。』

『好、好的。麻煩醫生了。』

『嗯。我看看——是這裡不舒服嗎——？』

『啊嗯！不、不是那裡……醫生真是的。』

『哈哈哈哈，真不好意思。』

……不行。冒出這種情色幻想之後，甚至開始呼吸困難了。我明明必須靜養，為什麼會因為這麼古典的情色忘想變得更難過……！

這都是因為朱乃學姊做出這種事！怎麼可能靜養！

「朱乃……妳在做什麼……？」

突然傳來社長的聲音！仔細一看，社長不知何時進到房間裡，看起來相當憤怒……好、好可怕……連氣焰都冒出來了……

「哎呀，莉雅絲，妳來啦。話說最近妳越來越擅長不發出任何氣息進入房間了。」

「那當然。不學會這點技巧的話，一誠都快被妳吃掉了。雖然不知道是什麼原理，不過妳不也學會讓小貓的簡易仙術探測也找不到妳的技巧嗎？」

「真是的，把我說得好像野獸，太失禮了。戀愛中的少女有時候能化不可能為可能，只是這樣罷了……話說回來，細細品味一誠的確是我的夢想。」

……充滿震撼力的雙方瞪著彼此……我的肌膚感覺到陣陣不同於生病的寒意……如今這個房間的氣氛真是糟到不行……這、這對身體很不好……

「……小貓已經睡著了，而且也要以一誠的身體狀況為重——我們去樓頂吧。」

「也好，今天晚上就來較量誰才是最棒的護士。」

兩人之間迸出火花，就這麼放著我不管，離開房間……

不久之後，窗外閃現雷光，並且傳來巨大聲響……我決定假裝沒聽到。

眼見狀況又和平常一樣演變成大姊姊對決，我嘆了口氣。

這時又有別人走進來——是銀髮護士，羅絲薇瑟。

「你醒了？莉雅絲小姐還是朱乃小姐有餵你吃藥嗎？」

我搖頭回答她的問題。羅絲薇瑟見狀不禁失望低頭。話說羅絲薇瑟也乖乖遵守大家的規矩，穿上護士服了。這讓我有點感動。

「我就知道。我在走廊上和她們擦身而過時，她們發出凌厲的氣焰往樓上走去，我就覺得搞不好是這麼回事。」

如此說道的羅絲薇瑟走到我身邊，從藥袋裡拿出藥丸，還幫我倒了一杯水。

「空腹吃藥也不太好，先吃這個墊一下肚子吧。」

羅絲薇瑟遞了幾塊像是餅乾的小東西給我。

「這是瓦爾哈拉式的營養食品。食用方便，而且只要這點份量就可以攝取最低限量的必須營養。照理來說要吃點比較像樣一點的東西，但是現在的你還是吃這個最適合吧。」

「謝、謝謝。」

我道謝之後，將餅乾放進嘴裡。

啊，吃起來沒有很硬，質地有點濕潤柔軟，而且帶點淡淡的甜味。

「我在裡面稍微加了一點糖，應該很容易入口吧。」

「這是特地為我做的嗎？」

聽到我的問題，羅絲薇瑟露出不開心的表情說道：

「你再不好起來，大家都會很擔心。隊上的開心果必須盡快調養身體狀況。」

她以有點嚴厲的語氣開口，臉上卻微微泛紅……羅絲薇瑟也很擔心我啊……我得盡快好起來才行。

我不知道自己算不算開心果，但是夥伴們都在看，我總不能一直躺下去吧。

「……學長……快點好起來……」

我覺得睡在身邊的小貓這句和平的夢話，帶給我最大的療癒。

—○●○—

早上醒來之後，小貓已經不見人影。應該是先起床了吧。

……嗯。光是隔了一夜，就比被送到醫院時好上許多。

只是去上廁所應該不成問題。體溫……也降低不少。不過俗話說感冒就是在快好的時候最要緊，所以還不能掉以輕心。

就在我打算再睡一下時，有人進來房間。

「喔喔，一誠。你醒了？」

「呀喝——一誠！我們拿吃的東西過來囉！」

來者是——同樣打扮成護士的潔諾薇亞和伊莉娜……我們的女性社員們真的全都打算穿護士服照顧我啊。

「好看嗎？」

潔諾薇亞比出V字手勢詢問我。

「……好看，妳和伊莉娜穿起來都很適合。」

我這句話讓她們兩個舉手擊掌。一大早就這麼興奮啊，妳們兩個……

護士裝扮讓我一大早就很開心，不過相對的，症狀也因為過度興奮有點加重……不過我想把大家的護士扮相儲存在腦中，即使硬撐也要看過每個人的護士扮相！

尤其是身為轉生天使的伊莉娜，更是名副其實的白衣天使！真正的天使來扮演護士別有一番風味！

我做個深呼吸，這時潔諾薇亞和伊莉娜把用托盤端上來的東西放在床邊的置物台上。

那、那是一碗顏色看起來有毒的湯，和一杯同樣顏色的飲料……

這、這該不會是她們兩個自己做的吧……？我戰戰兢兢地用眼神向她們確認，只見她們都以充滿期待的表情看著我！

「我和伊莉娜自己做過調查，盡可能蒐集許多對身體有益的藥草。」

「營養滿分！喝了就會立刻好起來的湯和飲料！」

……真是燦爛的笑容。她們一定是很努力才做出來的吧。但是我平常從來沒有見過妳們做飯喔……？

我、我的心中只感覺到不安————！

而且這碗湯！有某種不明物體從裡面冒出來了！這、這是腳吧……好像還有看似眼珠的東西……說什麼藥草，根本是胡說八道吧……！

這是不該看的東西……如果是電視節目，肯定得打馬賽克！

還有飲料也是，要用什麼材料才能做出一直發出「咕嘟咕嘟」的聲響，不斷冒泡的東西啊……肯定都放了藥草以外的東西吧！

「…………」

兩人都以擔心的表情盯著我！

『我做的東西果然……反正我就是不會做家事……』

『我真是太沒用了……這樣根本沒資格當天使……米迦勒大人，請對罪孽深重的我施以天罰吧……！』

……她們看起來好像是這麼想的。

……我知道了。我知道了！我喝就是了！

既然知道會辜負她們的心意，我怎麼可能拒絕！

我下定決心，將湯匙放進湯裡。

咻————……

喂、喂……

才把湯匙放進去，湯就冒出某種神祕氣體……

嗚！這是怎麼樣！好刺激！眼淚不斷冒出來！這已經是某種毒藥了吧！肯定不是什麼營養滿分的東西！

我嚥下口水，準備用湯匙撈湯時——

「一、一誠學長！」

身穿護士服的加斯帕奮力衝進來！你連這個時候也要跟著穿護士服啊！好、好吧，確實是滿適合的……

「怎、怎麼了？」

聽到我的問題，加斯帕以害怕的模樣說道：

「有、有、有、有客人——————！學長的朋友聽說你感冒了，前來探望你——————！」

什麼？來探望我？我的朋友？會是誰啊？是我的損友松田、元濱，還是匙嗎？

正當我回想朋友的臉時，看見從門口探頭的那個人，嚇得湯匙掉到地板上。

「惡魔先生，我來探病妞。」

粗壯的手臂！厚實的胸膛！質量大到誇張的肌肉——身穿護士服的大漢現身門口！

「小咪露！」

沒錯，他（她？）是我在惡魔工作的常客！名為小咪露！是個嚮往成為魔法少女，具有極致肉體的娘子漢！

嘰嘰嘰嘰……

看吧看吧看吧看吧！小咪露的肌肉使得尺寸不合的護士服繃到發出慘叫！

加斯帕一把小咪露帶過來，立刻逃到房間角落，嘴裡唸著「我不想死我不想死我不想死……」渾身發抖縮在一起。

潔諾薇亞和伊莉娜看見小咪露，也都大吃一驚。

「……這傢伙是何方神聖？我感覺到難以置信的沉重壓力……看來是知名的戰士……不，我還在梵蒂岡時，在和某個吸血鬼家族交戰時好像看過很像他的戰士……」

「……我在天界的資料庫中也沒見過這種存在感……感覺是個見識過幾十個戰場的護士。應該是人類……吧？」

兩人都是一臉認真。

妳們想太多了！他只是個普通的變態——不，我是說娘子漢！就某種意義上，他和偽娘加斯帕算是同類……不過加斯帕本人已經敗在小咪露的霸氣下，喪失戰意……

小咪露看見我的狀況，「嘩啦！」豪邁地流下眼淚。

「……惡魔先生，一定是因為小咪露三不五時召喚你，你才會病倒妞……」

他好像有了什麼不必要的誤會……別看小咪露這樣，他可是非常專一的少女，所以只要起了什麼念頭就很容易鑽牛角尖……

小咪露抖個不停，不過看起來也像是在鼓起肌肉，可以不要這樣嗎！你看！潔諾薇亞和伊莉娜都覺得自己會有危險，進入戰鬥態勢了！

「小、小咪露……我沒事的。只是一點小感冒。只要靜養一陣子就會復原。到時候我們再一起看咪露琪的DVD——」

我的話還沒說完，小咪露的口中便冒出響亮的聲音！

「惡魔先生！」

隆！

小咪露的聲音讓房間裡的所有家具劇烈震動，就連我也遭受神祕的壓力侵襲！

小咪露把手伸進包包裡——

「我根據咪露琪的設定資料集，幫你作了一瓶魔法飲料妞！」

拿出一個寶特瓶遞給我。

寶特瓶裡面的液體，顏色看起來一樣有毒……

我覺得自己快要昏倒了。拜託，這個時候就乖乖昏倒好嗎……

於是我一大早就喝了大量的毒藥——應該說是據稱是以藥草煎煮的液體。

○●○

一大早就喝了非常不得了的東西，我整個人癱在床上。

……在那之後，我到廁所排了很多東西出來……那、那些東西裡面真的是藥草嗎？

潔諾薇亞和伊莉娜作的湯和飲料，還有小咪露的特製飲料。喝了那些還能活下來，我真想誇獎我自己。

總之我中午不想吃東西了。才喝過那種東西，我的胃已經無法容納任何食物。我一個人在房間裡看電視打發時間。

我今天也向學校請病假。告知學校方面的理由是感冒。根據病情的恢復狀況判斷，已經先請好三天假。

學園裡的其他惡魔——西迪眷屬也打了預防針。因為我在發病之前去過學校，總是小心一點比較好。

……大家都在學校啊。這麼說來，那兩個笨蛋也透過手機傳了訊息給我。

『笨蛋也會感冒嗎？不，如果是大色狼的話就會感冒吧！』

『你該不會是弄到珍藏版的ＤＶＤ自己待在家裡鑑賞吧？還有之前借給你的ＤＶＤ「祕湯發現傳Ⅵ　歡迎來到爆乳溫泉！」快還給我。』

嗯。兩個沒禮貌的傢伙。等我恢復之後，第一件要做的事就是揍松田和元濱。還有那片ＤＶＤ我還不打算還你喔，元濱！

我無意間看見時鐘，已經是社團活動的時間。現在大家想必正在一邊談天說笑，一邊吃點心吧。

今天晚上我也不能從事惡魔的工作啊……我一直毫不間斷地工作、行動，真的很久沒有像這樣放鬆了。偶爾休息一下或許也不壞。

不過這樣果然有點寂寞。還是和大家一起熱熱鬧鬧聊天比較好。

……我要趕快好起來。

就在我下定決心時，忽然有人敲門。

「請進。」

聽到我的回應，有個人打開門走進來。

——

一名美少女進到我的房間裡。

一頭長髮，身材纖瘦，該凸的地方凸。是個年紀和我差不多大的清秀女孩。最大的特色是眼角的愛哭痣。最重要的是她也穿上護士服。

……我見過這個人。

不久之前，阿撒塞勒老師開發的某樣道具才在社上流行過一陣子。

「……你是木場吧？」

面對我的問題，那名美少女「嗯。」了一聲害羞點頭。

沒錯，老師開發的惡搞道具是變性光線槍。中了那種光線，立刻會變成相反的性別。男變女、女變男，不過變身時間只有一下子。

之前社長和其他女性社員都變成型男，社辦亂成一團。

當時我半開玩笑地對木場發射光線，把他變成女生。變成女生的木場完全就是我喜歡的類型，嚇了我一跳……

題外話，加斯帕也中了那個光線，但是外貌沒什麼改變，只有男性的重要部位不見了。

……總而言之，木場以當時的樣貌出現在我面前。

……原本以為我在作夢，所以捏了一下自己的臉頰……會痛。這不是夢！

心跳加速的我指著他開口：

「你、你怎麼變成這樣？話說你怎麼會來這裡？我、我我、我怎麼會這麼混亂……？」

這個傢伙突然變成美少女打扮成護士，還一個人來到我的房間，我當然會陷入混亂！

為什麼這個傢伙會在這個時間過來這裡！現在還是社團活動的時間吧！

木場忸忸怩怩開口：

「……大家在社辦裡因為護士服的話題聊得很開心，然後老師突然把我叫出去──」

『你要不要也穿護士服去見一誠啊？那個傢伙對變成女生的你似乎很感興趣，應該會很高興吧？身為他的朋友，試試用這招讓他打起精神怎麼樣？』

老師好像是這麼說的。

竟有此事！這個臭老師！好……好吧，這個傢伙變成女生是很可愛沒錯！

原本就是型男，變成女生當然也是美少女！就算真是這樣，幹嘛特地派他過來啊！

總覺得有點高興，又覺得老師有點多事，可是美少女木場真的很不錯……

就在我處於複雜至極的情緒之際，木場羞紅著臉問我：

「……適、適合嗎？」

……你穿護士服是很好看沒錯！雖然我也可以這麼說，但是又好像有種輸給什麼東西的感覺，所以我決定不說！真的有種說了就輸了的感覺！

心跳加速一定也是因為感冒。就當作是這麼回事吧。不然我心中某個重要的部分可能會就此崩潰！

……嗚嗚，總覺得開始渾身乏力。

我示意要木場坐在床邊的椅子上。

「……坐吧。總之學校今天有沒有發生什麼不一樣的事，說給我聽聽吧。順便告訴我大家在社辦聊了什麼。」

我刻意以冷淡的態度開口，木場開心地「嗯！」了一聲，朝床邊走來。

這個傢伙大概也很擔心我吧。

這麼心想，我不由得感謝這個傢伙。畢竟我和他是朋友。

正當我感覺到彼此的友情時——

「啊。」

大概是因為不習慣穿高跟鞋吧，木場的腳絆了一下，朝我這邊倒下！

因為我挺起上半身坐在床上，木場就這麼撲進我的懷裡！

「呃，喂，你沒事吧？」

我低頭一看，美少女的臉龐近在眼前！

「…………」

我們就這麼面面相覷……

「那、那個……」

木場將視線移開，滿臉通紅，好像在忍耐什麼。

嗯？正當我覺得疑惑時，才發覺手上有柔軟的觸感……

我把視線看過去——發現自己的右手放在木場的胸部上————！

「啊，抱歉！」

我連忙道歉，立刻把手拿開！……胸部的觸感還留在手上。無庸置疑是女生的胸部。

……木場的胸部好柔軟啊。

「不不不不！」

我奮力搖頭，否認自己剛才的想法！

這個傢伙是男的！現在雖然變成女生，但是平常是個男人，是我的好夥伴兼朋友！

可惡！為什麼我的心臟跳得這麼用力！

「…………」

木場滿臉通紅，伸手摀著胸部。你這是什麼反應！像平常一樣用那張型男帥臉苦笑說聲

「哎呀——真傷腦筋。被一誠同學襲胸了。」好嗎！

中了那種光線連精神都會變成少女嗎！別這樣啊！再這樣下去，我搞不好會走上奇怪的路線啊——！

光是生病就已經夠難受了，不要在這時搞出人生的重要分歧點好嗎——！

「……一誠同學，我……」

木場的眼睛水汪汪，似乎想說些什麼。就在這個時候——

「一誠，我們很擔心你，所以提早回來囉。」

社長她們回來了！

「我來幫你做點有益身體的——」

咚。

社長看見房間裡的狀況，書包掉到地上，笑容僵在臉上，不發一語。

「莉雅絲姊姊，怎麼了嗎？」

一臉懷疑的愛西亞從社長背後探頭，看見床上的我和木場。

「…………啊嗚嗚，一誠先生……和木場先生！」

愛西亞驚訝地瞪大雙眼！

之後其他女性成員看見房間裡的狀況，也都一臉愕然，隔了一拍之後一起大喊：

「這是怎麼回事！」

被女生們咄咄相逼的我，一邊保護驚慌失措的木場一邊開口：

「這個，其實是……」

「沒想到一誠和木場在我們不知情時，已經進展到這種關係……」

朱乃學姊看起來心情很複雜。

「不，絕對沒有這回事……」

「是、是我自己……過來這裡的。」

木場也接著開口。

「……自己過來的。兩位的感情已經到了這種地步……」

小貓也想太多了！

「木場先生明明是男人……而我是女生……」

愛西亞也是淚眼汪汪！潔諾薇亞摟著愛西亞的肩膀開口：

「愛西亞，一誠或許是打算探究我們不明白的道路。」

「就是啊，這就叫二刀流吧……啊啊，多麼不道德的背叛行為啊！」

伊莉娜不知為何用力點頭。不，我也不需要這種認同好嗎！

「我、我也要變成女生，和學長……」

加斯帕住手！別再給我附加更多奇怪的屬性了！

羅絲薇瑟是老師所以還沒回來……但是這個空間十分令人坐立難安！

……啊，我覺得心悸變得更加劇烈，甚至開始頭暈……難不成症狀又復發了……？

儘管如此，我依然繼續解釋。再這樣下去，我必須在遭受奇怪誤解的狀況下和大家一起生活！唯有這種狀況一定要避免——！

「……大、大家聽我說，我和木場不是那種關係……真要說來，是木場為了我著想才這麼做……咳、咳！」

……這麼說來，我今天吃的東西只有那些毒藥，沒什麼體力……

……肚子好像也餓了。早上那些東西全部在廁所裡排出了，所以肚子裡空空如也……

「……我知道原因出在阿撒塞勒身上，但是祐斗也有錯。先找我商量一下就好了。這種事我怎麼可能不答應呢？」

社長溫柔地表示。

「真的非常抱歉。因為我也想為生病的一誠同學做點什麼……」

木場也在反省……木場並沒有做錯什麼。

……奇怪？我的意識逐漸變得模糊……

「總而言之，得先讓一誠好起來再說，要不然大家的狀況也好不到哪裡去。真是的，你也太受大家愛戴──」

在社長說話的同時，我的意識也越來越模糊。

○●○

「一誠的身體狀況不好時，還是這個最有效。加了薑的味噌湯。」

我喝著老媽為我端到房間的味噌湯。

「啊……全身上下都暖和起來了。」

沒錯，就是要這個。打從小時候起，我每次感冒老媽都會煮這個給我喝。

不知道這個可以對惡魔的感冒產生多大效果，但是喝了這個之後身心都暖和起來，總覺得身體也稍微變輕了。有種奇妙的安心感。我想應該只有老媽的味噌湯，可以帶給我這種感覺吧。

媽媽的味道。我感覺從內心深處得到慰藉。老媽，真的很感謝妳。

在那之後，我好像稍微昏倒了。之後我立刻恢復意識，但是因為肚子還是很餓，渾身虛弱無力。這時老媽剛好現身，為我端來這碗味噌湯。

大家都目不轉睛地盯著正在喝味噌湯的我。

「……媽媽！請教我怎麼煮那種味噌湯！」

社長一臉認真地拜託老媽。老媽瞪大眼睛，一臉困惑：

「也沒有什麼特別，真的很簡單喔。不、不過裡面還是有我個人的小祕訣……」

「就、就是那個！媽媽，請教我兵藤家的味道！為了將來著想，我非得學會不可！」

就連愛西亞也這麼說！

「當然了，我也要學。」

「……沒錯。趁這個機會，請務必連同兵藤家的祕傳滋味一起傳授。」

連朱乃學姊和小貓都開口了！什麼祕傳滋味，我沒聽說有那種東西。這麼說來，兵藤家有那種東西嗎？

「這也是新娘必修課程吧。切東西我倒是很擅長。」

「是啊，潔諾薇亞也應該稍微學一下怎麼做菜比較好。伯母，順便也教教我吧！」

潔諾薇亞和伊莉娜也是！說得也是，潔諾薇亞稍微學點女生該會的東西比較好。

「那麼我們也順便一起學吧，加斯帕。」

「是！學會之後就可以請一誠學長吃愛心料理了！」

木場！加斯帕！你們提升我的好感度幹什麼啊！

「哎呀哎呀，陣仗好像越來越大了。總之就從這個味噌湯開始教起吧？」

「好！」

於是老媽帶著社長等人下樓去了。

就是這樣，感冒好了大半的我被丟在房間裡，一群人在廚房裡開起兵藤家烹飪教室。

……等一下應該會一人端一碗上來吧……這再怎麼說都太辛苦了。

不久之後——

砰！噹啷！轟————……

一樓傳來在烹調過程中顯然不應該出現的爆炸聲，還有「呀！」、「哇！」之類的尖叫。

煮味噌湯的過程會發生這種事嗎！難道這就是我家的祕傳料理？

晚餐時間，桌上擺有各式各樣的味噌湯。有社長、朱乃學姊、愛西亞煮的，看起來就很好喝的味噌湯，還有潔諾薇亞、伊莉娜、加斯帕煮的，散發邪惡氣息、材料不明的味噌湯，種類相當豐富。

老媽真的是教她們煮味噌湯嗎？別說是祕傳滋味，看那種色澤和味道，根本應該封印起來吧！到底要用哪裡的味噌才可以煮成那樣……

我們家的餐桌也太自由了……

即使喝了好喝的味噌湯，那些黑暗味噌湯也會對胃造成傷害！

「請喝吧！」

大家都帶著笑容開口。

啊啊，我真是幸福。大家都那麼擔心我。但是如果這種事得一直持續到我完全復原的話，我的身體真的會撐不住！

我能做的事，也只有在喝味噌湯時，在心中默唸「趕快好起來！趕快好起來！」了。

在那之後，老師製作的變性光線槍遭到封印。

那個東西只會引發麻煩，遭到封印也是理所當然……但是我覺得用那把槍把來襲的敵人都變成女生也是個好辦法！

Life.4 復活不了的不死鳥

秋天的某個假日，來了一位稀客。

頭部兩邊有著鑽頭一般捲髮的美少女來到我家。

「你、你好。」

我在門口迎接她時，因為沒料到來者是她稍微嚇了一跳。身邊的社長好像也嚇到了。

「妳好，蕾薇兒。妳怎麼會突然過來這裡，有什麼事嗎？」

「是的，莉雅絲小姐。沒有事先通知突然造訪，我很抱歉。」

沒錯，向社長打招呼的少女，是上級惡魔菲尼克斯家的千金——蕾薇兒・菲尼克斯。

我們去冥界時偶爾會遇見她，不過從來沒有想過她會來到人類世界，而且還是我家。

從社長的反應來看，她沒有事先聯絡，是真正突如其來的造訪。

蕾薇兒穿著可愛的白色蕾絲洋裝。她先是不好意思地忸忸怩怩，這才下定決心開口：

「其實我想找你們商量有關兄長的事……」

我和社長聽見她的話，彼此互看一眼。

看來事情好像有點複雜。

我們換個地方，來到客廳。因為總不能一直在門口聊，而且事情好像有點複雜。

朱乃學姊端了茶給蕾薇兒。

「是關於萊薩的事嗎？」

聽到社長的問題，坐在對面的蕾薇兒點點頭：

「是的。兄長在那件事之後一直把自己關起來，我想各位應該也略有耳聞……」

第一學期時，我們投身社長的婚約騷動之中。因為雙方家長擅自決定的婚事，社長和蕾薇兒的哥哥——萊薩．菲尼克斯有了婚約關係。

但是社長想要自由戀愛，為了解除這樣的關係，而和萊薩以排名遊戲展開對決。

經過重重波折，最後總算取消婚約，社長的這個婚事也就此告吹。

……這件事在惡魔的上流階級之間造成不小的話題，留下相當複雜的問題。因為這和上級惡魔之間自古流傳下來的重要習俗息息相關，對於重視傳統的純種惡魔而言，自然是一件大事。

我也和那件事有很深的關係。再怎麼說，揍飛萊薩、把社長從訂婚派對上帶出來的人就是我嘛！

關於這件事，我從來不感到後悔。因為我最喜歡的社長排斥那樣的婚約，我才會拚命阻止那件事。事到如今，我依然為自己救出社長感到驕傲……但是站在菲尼克斯家的角度來看，我應該是他們的仇人吧……關於這點我也必須承擔。

社長和蕾薇兒之間的氣氛相當微妙。有關取消婚約的事，因為兩家現任宗主之間也已經有了結論，她們才能像這樣自然對話。只是這次的話題相當複雜。

因為是關於被我揍飛的萊薩。

菲尼克斯一族是具有再生能力的不死之身。我憑著沉睡在自己身上的力量——赤龍帝之力，好不容易才打倒他。

之後萊薩因為輸給我以及失去社長，陷入嚴重的自我封閉狀態。而且在事隔將近半年的現在，依然沒有改變。

有生以來第一次敗北，連女人也跑了。身為男人，這或許是最嚴重的挫折吧。

我和愛西亞等人一起在客廳一角看著她們兩人對話。

「萊薩啊。我是聽說過發生什麼事……」

「不過他是個怎麼樣的人？」

潔諾薇亞和伊莉娜都沒見過他。

「這個嘛，他是菲尼克斯家的人……」

愛西亞為她們兩個說明。這麼說來，那件事是發生在愛西亞成為我們的夥伴之後沒多久的事。

「上級惡魔的世界真是複雜。不過貴族社會同樣令人嚮往啊……不知道有沒有辦法釣到金龜婿。」

羅絲薇瑟好像有什麼企圖。

「……妹妹親自拜訪吉蒙里家……看來她真的很傷腦筋。」

就是說啊，小貓。或許真是這樣。

雖然不知道經歷什麼心路歷程，總之一定發生了很多事，蕾薇兒才會過來這裡吧。

蕾薇兒完全沒有展現之前見面時那種蠻橫的感覺。我第一次見到她，她就是個蠻橫高傲的大小姐。之後每次見面，那種高傲的感覺就會減少一點。今天看起來更是非常乖巧。

社長終於打破沉默開口：

「萊薩……在那之後一直沒有改善吧。」

聽到社長的話，蕾薇兒點點頭。以蕾薇兒的立場而言，這時候就算說出「還不都是妳害的！」也不足為奇，但是她一點也沒有打算這麼說的意思。

不過每次在冥界遇見她時我都這麼覺得，蕾薇兒對於那件事似乎並不感到特別在意。她還曾經對我說過，那對哥哥萊薩來說，是一次很好的經驗。話雖如此，身為家人，會擔心才是人之常情。

蕾薇兒拿起紅茶茶杯喝了一口之後說道：

「……照理來說，我其實不應該過來這裡。但是為了治療兄長，我到了許多地方詢問意見，有不少人都建議我應該找莉雅絲小姐商量。而且我試過其他方法，都沒有什麼太大的效果……」

「應該來找我？什麼意思？」

面對社長的疑問，蕾薇兒直截了當地說道：

「為了治好兄長的身心創傷……特別是精神的部分，最好的方式應該是學習莉雅絲小姐的眷屬擁有的……所謂的『毅力』。許多人都提出這個建議。」

聽見她說出「毅力」兩個字，社長和我們都愣了一下，客廳裡有幾個人發出苦笑。

哈哈哈……毅、毅力是吧。的確，包括我在內，我的夥伴都是充滿毅力的傢伙。

等等，怎麼大家都看向我。好好好，反正我就是只會憑著毅力往前衝！

緩和現場的氣氛之後，蕾薇兒發洩累積已久的心聲：

「只是哥哥也太沒出息了！只不過輸了一次就自我封閉將近半年……！還說什麼他變得很怕龍喔？在那之後他也沒參加過排名遊戲，讓那些八卦雜誌逮到機會亂寫一通！敗給一誠先生的心靈創傷，讓他完全不碰任何有關龍的東西。若是懷恨在心我還可以理解，可是他是感到害怕耶？身為男人應該將敗戰化為成長的動力向前邁進才對吧！真的很沒出息，沒出息到了極點！」

……有如連珠砲的怨言讓大家瞪大眼睛。

看來她累積了相當多的不滿。萊薩那個傢伙的狀況有這麼糟嗎？

「……不過他好歹也是我的哥哥。」

這是蕾薇兒的結論。所以她其實還是擔心萊薩的。

不過她來找社長商量，也讓社長的心情很複雜吧。首先是無法拒絕，而且蕾薇兒也不是來怪罪社長、要社長負責，純粹只是因為擔心自己的哥哥。

……嗯。看來只能這麼做了。我決定說出心中的結論，於是起身對蕾薇兒開口：

「交給我吧，蕾薇兒。我來想辦法。」

包括蕾薇兒在內，所有人的視線都集中在我身上。

我抓抓臉頰，繼續說下去：

「再、再怎麼說，終究是我惹出來的問題，所以我也得幫助他重新站起來。而且妳不是提到『毅力』嗎？包在我身上。說到毅力就會想到我。明明是惡魔卻會上山閉關修煉，經常都在吃苦，已經很習慣了。」

「……從好的方面和壞的方面來說都是毅力的結晶。」

就是這樣，小貓！

「一誠，這是我應該——」

見社長好像要說應該由她負責，我舉手制止她。

「沒問題的，我有個好主意。」

我不是在逞強。事實上我心裡已經有個底。說到可以學習「敎力」並且能夠重新鍛鍊身心的方式，我的腦中立刻浮現一個好方法。哈哈哈，大概是因為我一天到晚在修煉，思考自然很容易連結到那裡吧。沒有才能偶爾也是有用的。

我看向蕾薇兒，她先是露出極度開心的表情，察覺自己的反應之後立刻清清喉嚨：

「沒、沒、沒辦法，那就委託一誠先生囉？你可要為了上級惡魔好好盡心盡力……姑、姑且還是向你道謝好了。」

好好好。我會加油的。社長嘆了口氣「嗯。」了一聲，點頭說道：

「我知道了。那就以一誠為中心，開始進行萊薩重新振作計畫吧。」

就是這樣，我們著手讓那隻烤小鳥重回正軌。

—○●○—

「哇……好大——————！」

聳立眼前的巨大城堡震懾了我。

我們吉蒙里眷屬＋伊莉娜目前來到冥界的菲尼克斯家。

我們先從人類世界轉移到吉蒙里領，又透過魔法陣進行好幾次跳躍才來到這裡……不過這個城堡也太大了！社長家也很大，然而這裡絲毫不遜色。

我聽說他們靠恢復道具「不死鳥的眼淚」賺了不少錢，看這樣子還真的賺了很多！

城門發出沉重的聲音開啟，我們走進裡面。

穿過城內的庭園，我們來到菲尼克斯家的人生活的居住區。在裝飾豪華的門前，身穿禮服的蕾薇兒和幾個傭人正在等待我們。

「你們好，歡迎來到菲尼克斯家。」

「妳好，蕾薇兒。我記得萊薩住在這一區吧？」

社長如此詢問。對了，社長小時候好像來過這裡，對於城內的狀況有一定的認識。

「是的，從這裡進去之後就可以到達兄長住的地方。」

在蕾薇兒的帶領之下，我們走過門口。喔喔，天花板好高啊！水晶吊燈也相當華麗！到處都擺著看起來很昂貴的繪畫和雕像！看起來一點也不輸給社長家。

「莉雅絲小姐，好久不見了。還有你也是，赤龍帝。」

這時傳來其他人的聲音。我看了過去，發現一名似曾相識的女子站在樓梯前方。臉上帶著半張面具的女子——伊莎貝拉。是萊薩的眷屬。

「好久不見了，伊莎貝拉。」

「我聽說過許多有關你的傳聞。現在如果正面交鋒，我大概打不贏你了。」

她之前好像也對我說過同樣的話？這個人在萊薩的眷屬中算是對我印象比較好的人。

「主人在這邊，請跟我來。」

我們跟著伊莎貝拉一起爬上樓梯，在廣大的室內前進。

「所以萊薩……先生平常都在做什麼？」

我邊走邊問。伊莎貝拉嘆了口氣，回答我的問題：

「主人平常都窩在房間裡，整天進行排名遊戲的模擬戰鬥，或是找擅長西洋棋的領民來家裡對局。」

是個家裡蹲吧。

那個裝模作樣的型男會整天窩在家裡，我完全無法想像。

我們在室內走了大約十分鐘。好大。這也太大了吧！我在社長家時就這麼覺得，上級惡魔的宅邸未免太過大而無當了！房間數量也多到不行！要是迷路了，我可是完全沒有自信可以回到原本的地方！

正當我想著這些事時，蕾薇兒和伊莎貝拉在一扇門前停下腳步。

好大的門。門上還有華麗的浮雕，看起來應該是……火鳥吧。

叩叩。蕾薇兒敲敲門。

「兄長大人，有您的訪客。」

……沒有反應。他在睡覺嗎？正當我如此心想，裡面傳出聲音。

『……蕾薇兒啊。我今天不想見任何人。我作了不好的夢……現在沒心情見客。』

蕾薇兒聞言不禁嘆了口氣。不過她又重振精神，告訴萊薩：

「──是莉雅絲小姐。」

隔了一拍──喀啷！裡面傳來東西掉到地上的聲音。

『──！……妳、妳說莉雅絲……？』

他的聲音聽起來相當不知所措。看來他完全沒料到來者會是社長。

社長站到門前開口：

「萊薩。是我。」

『……妳現在還來做什麼，莉雅絲？來嘲笑我嗎？還是過來炫耀妳和赤龍帝有多麼相親相愛？』

語氣相當低沉。不僅如此，當中也帶著懷恨之意。

「……我們談談好嗎？讓我見你一面。」

社長說完之後，裡面傳來急促的腳步聲，門猛然開啟。

一頭亂髮、衣衫不整的萊薩從裡面現身。

「妳和被妳甩掉的男人有什麼話好說……？」

他怒目瞪視社長，聲音中也帶著怒火──但是在看見我的瞬間，頓時臉色大變。

「赤、赤、赤、赤、赤龍帝──！」

他指著我，發出近乎尖叫的聲音。

「午、午安，你好。」

我帶著僵硬的笑容，舉手向他打招呼。

「……──」

─？

「噫──────────！」

萊薩一邊尖叫一邊逃回房間！真的假的！這是怎麼回事！

他躲進有著頂篷的豪華大床之後大喊：

「你、你們給我回去──！我不想回想起那個時候的事！我受夠了！我不想再次經歷那種悲慘的遭遇！」

…………

所有人看見萊薩的狀況，除了驚訝以外，也非常困惑。

……沒、沒想到這麼嚴重……

之前態度高高在上、瞧不起我們的傢伙，一看見我就嚇得躲回床上。

「萊薩大人──」

「不怕不怕──」

在戰鬥時拿著電鋸的雙胞胎姊妹眷屬安慰萊薩。

然而萊薩依然縮在床上不住顫抖。

「因為萊薩從出生到現在，從來不曾在正面對決落敗。」

社長如此說道。蕾薇兒也點頭附和。

「是的。遭到一誠先生正面擊潰，使得兄長的身心都留下難以抹滅的創傷。」

「可是萊薩也很強啊。現在的話……不知道是誰比較強？」

對於我的疑問，木場回應：

「現在的一誠同學，即使萊薩．菲尼克斯處於萬全的狀態也是勢均力敵吧。不，可能是一誠同學略勝一籌。精神方面──毅力是一誠同學占上風，面對天龍的壓力也會逐漸削弱對方的精神力，動搖不死之身的特性。菲尼克斯一族的力量，最主要的就是不死之身的特性，這點產生動搖對萊薩而言是相當重大的打擊。」

喔——既然這個傢伙這麼說，應該不會錯吧。關於戰鬥的事，木場都能夠冷靜分析。

「……和我戰鬥有那麼可怕嗎？」

我指著自己再次詢問木場。木場苦笑搖頭：

「光是身為傳說之龍，還有不知道會引發什麼現象，就已經很叫人害怕了。」

這樣啊。好、好吧，我自己也很害怕不知道會發生什麼事這種不確定因素。不過面對不死之身也相當可怕。即使打倒也會立刻復活，恐怖極了。

「兄長大人，莉雅絲小姐特地來看你，請你下床！」

蕾薇兒為了將萊薩趕下床，努力想將他的棉被拉開。

「回、回去！給我回去————！」

然而萊薩只是一直大喊。

「我看還是先來硬的，把萊薩拖到外面再說吧。」

之後我們和萊薩的眷屬女孩同心協力，成功將萊薩硬拖到城堡的庭院……不過稍微多花了一點時間。

我在庭院整理行李。好，這樣就準備完成。

「你的計畫是什麼？」

聽到社長的問題，我指著天空。

「馬上就會過來。」

我剛才聯絡對方時，對方說會立刻過來，所以應該快到了。

——這時遠方的天空出現一個朝這邊飛來的巨大身影。

「啊，來了。」

巨大的影子來到我們上空！

咚————————！

龐大的飛龍降落在庭院，發出巨大的地鳴聲。

「好一陣子沒見到你們了。」

那隻巨大的龍——就是前龍王坦尼大叔！

「大叔，謝謝你過來。」

就在我道謝時，萊薩也在一旁大喊：

「坦、坦、坦、坦坦坦坦坦坦坦尼！最上級惡魔……傳、傳說中的……龍！」

……啊——連看見龍也不行？看他嚇成那樣……好吧，畢竟大叔的外型就是隻龍。

大叔的大眼睛看著萊薩：

「是萊薩．菲尼克斯啊。我看過幾場他的排名遊戲。是個很有前途的『國王』，我原本很看好他……不過看見這副模樣，似乎出了點問題。」

我稍微向大叔說明一下來龍去脈。大叔聞言也只是毫不留情地說聲：「沒出息。」

「像我當時一樣的方式有辦法治好他嗎？他的家人也說希望他更有毅力一點。」

聽到我的話，大叔揚起大嘴的嘴角：

「這樣啊。毅力是吧。這個好。那麼就上山囉？」

「嗯。我也是這麼覺得。行李我已經整理妥當，也整理了他的東西。」

「你準備得很周全嘛。」

「應該說我也只想得到這個主意。就是這麼回事，社長，我帶著他跟著大叔一起到山上去修煉囉。」

這就是我的計畫。像這種時候就是該放棄其他小事，直接把他拖到山上，改變環境才能好好鍛鍊。

我在暑假時也被強制帶到山上，做了不少鍛鍊……嗚嗚，痛苦的場景閃過腦中……

「山很棒。嗯，一定有辦法的。」

「龍和不死鳥在山上一起修煉，真是奇幻！」

潔諾薇亞和伊莉娜如此說道。不，老實說很麻煩。不過這也是為了社長和蕾薇兒。我要帶這個傢伙上山。

「我、我不要————！」

萊薩展開炎之翼試圖逃離現場，然而——

大叔迅速伸出大手，一把抓住萊薩。

「別想逃。是男人就該下定決心。」

「噫————！」

以旁觀者的角度看來，應該是鳥快被飛龍吃掉了吧！

「社長、愛西亞，我們出發囉！」

我迅速騎到大叔背上，向社長和愛西亞告別。

社長抬頭看著我發問：

「一誠，交給你真的沒問題嗎？」

「那當然！」

「要是碰上什麼麻煩，記得聯絡我們。」

「是的，社長！」

「千萬別太過勉強了！」

「好的，愛西亞！」
「我也要去！」
在我向夥伴們暫時道別時，蕾薇兒向前踏出一步，表明自己的決心。她居然要跟過來！
可是想到要帶女生去山上，讓我有些卻步。
在我感到困惑之際，蕾薇兒接著說道：
「我也想出力……讓兄長重新振作！」
「——」
她的眼神相當堅定。看來她是真的打從心底擔心哥哥吧。
「她的眼神相當不錯。兵藤一誠，只要你好好保護她就不需要擔心吧。」
大叔愉快地笑道。
「我知道了，好啊。一起走吧，蕾薇兒。」
蕾薇兒聽到我的話，響亮地回應「是！」看起來相當高興。她立刻運用魔力將自己的服裝變成方便活動的款式。那是探險家的服裝——獵裝夾克。
「一誠，蕾薇兒也交給你照顧囉。」
「是的，社長！」
至於蕾薇兒的哥哥則是——

「我、我不要！為什麼我得上山！」

萊薩在大叔手中拚命掙扎……妹妹表現得那麼堅強，他卻是這麼沒出息……

「這也是為了你好。放下你的少爺架子，一起到山上去吧。呼吸新鮮空氣，可以洗滌你的身心。」

我的話讓他惡狠狠地瞪我一眼。比起把我當成害怕的對象，這樣的反應比較正常吧。

「我的眷屬們！快來救我！這是命令！」

萊薩向眼前的女孩子求救，不過……

「萊薩大人，這次要請您多多忍耐。」

「加油！喔——！」

她們只是揮手為萊薩加油。萊薩見狀大感震驚，眼珠差點沒掉出來。

「妳、妳們幾個！太無情了——！」

啪！大叔奮力振翅，從庭院起飛。蕾薇兒緊緊抓住我。

「救我——！」

被龍抓住的萊薩，看起來就像暑假時的我。

我了解他的心情。被龍抓走真的不是普通可怕！

第一個想到這種修煉法的阿撒塞勒老師。你果然是魔鬼！

「兵藤一誠，既然要上山，我知道一個好地方。到那邊如何？」

大叔如此提議。喔——什麼地方啊？

「要去哪裡？」

大叔以有點開心的聲音回答我的問題。

「去我的領地。」

—○●○—

「嗚哇——好壯觀啊——」

目睹眼前的景象，讓我看得目瞪口呆。

眼前有許多有如大怪獸的巨龍！

大叔帶著我、蕾薇兒、萊薩，降落在這個住著許多巨龍的地方，也就是大叔的領地！

這裡是某個峽谷，陡峭的山壁到處都是巨大山洞，許多全長十公尺級的巨龍從山洞裡探出頭來。山谷中也有許多巨龍展開翅膀來往飛行。看來這個峽谷住有很多龍。

我和萊薩他們被大叔放在山崖上一處勉強可以站人的地方。

往下一望就是遼闊的深谷！無法獨力飛行的我要是掉下去可就糟了。

巨龍們都在巢穴裡看著我們，像是在看什麼稀奇古怪的東西似的。太壯觀了，眼前充滿了一大堆怪獸耶！我聽說過冥界也住著不少龍，但這是第一次親眼見到龍的住處。

「這裡是我的領民居住的龍巢。住在這裡的只有一部分，不過以你們人型惡魔能夠生活的山地來說，已經算是極限了吧。而且住在這裡的都是會說人話、能夠溝通的種族。」

大叔如此說明。

「龍、龍、龍啊……」

一旁的萊薩看著大群的龍，臉色蒼白。看來他的內心對於龍的創傷真不小……

「坦尼大人。」

隨著陌生的聲音，兩隻大龍出現在我們面前。

「您找我們嗎？」

兩隻龍的鱗片分別是深藍色和水藍色。

「嗯。兵藤一誠，這兩隻是我的部下，都是高等的龍。我打算把萊薩・菲尼克斯交給他們兩個負責。」

如此說道的大叔向那兩隻龍說明事情的原委。

「遵命。」

「當然ＯＫ。」

兩隻龍都爽快地答應了。不過深藍色鱗片的龍語氣好像有點輕浮……

「萊薩．菲尼克斯。」

大叔呼叫萊薩，只告訴了他一句話。

「我們會在這個龍之峽谷周遭重新鍛鍊你的身心！」

「……唔，怎麼會這樣。」

萊薩搖頭，雙手掩面。你也該有所覺悟了。不用害怕，就算修煉嚴苛到會喪命，有不死之身總是撐得過去！就在我如此心想，不住點頭時——

「兵藤一誠，你也順便鍛鍊一下吧。先從跑步開始。」

大叔接著對我開口。

我想也是……於是我也下定決心，換上自己帶來的登山裝備。

「快點快點，速度太慢了！」

「嗚哇——————！結凍了！我的火焰結凍了——————！」

噗呼——————！

在山上的雪地裡，有隻龍正在追趕著烤小鳥。水藍色的龍從口中吐出冰凍氣息，追趕換上登山裝備的萊薩。

「可惡！」

「萊薩大人！訓練中的口號是『DRAGON』！跟著我喊，DRAGON！」

「D、DRAGON！」

我跟在和他們稍有距離的後方進行雪地訓練。我們跑的地方積雪不厚，也沒有冷到會發抖。而且現在又是白天，更沒有風雪。

水藍色的龍好像是名叫「冰雪龍(blizzard dragon)」的高等種族。

不過話說回來，各位請看，從後面看過去簡直是慘劇。再怎麼看都像是一名冒險家在山上遭到巨龍攻擊！

「兄長大人！怎麼可以因為這點鍛鍊就慘叫呢！」

蕾薇兒騎在水藍色的龍背上，從上空鼓勵她的哥哥。

訓練從練跑開始。為了培育健全的精神，必須先鍛鍊健全的身體，所以開始這趟雪山跑步訓練。

雪地踏起來的感覺相當陌生又容易絆腳，這樣的跑步訓練相當吃力。不過感覺對於鍛鍊下半身相當有幫助。雖然很辛苦，但是為了修煉，我還是盡力跟著跑。

深藍色鱗片的龍飛在我頭上……他邊飛還邊玩超大型的平板電腦，口中哼著歌。和前方的水藍色龍也相差太多了。或許這是我的偏見，不過看見巨龍把玩近代的機器，真的有種幻想破滅的感覺。

就在我如此心想時，上空的藍龍對我問道：

「赤龍帝大人，你覺得菲尼克斯家的少爺表現如何？」

「咦？呃——怎麼說呢，好像很辛苦的樣子。」

「很誇張吧——真是太軟弱了。我本來還以為上級惡魔家的少爺應該會更優雅一點，沒想到那麼不堪一擊。真是超誇張的。」

……他的語氣也太輕浮了。這樣不會太過隨便嗎！他似乎是名為「蒼雷龍（sprite dragon）」的龍族的王牌。愛西亞的使魔也是這個種族的小龍。長大之後也會變得這麼輕浮嗎……？

跑了一個小時之後休息，我也補充一下水分，萊薩則是倒在一旁上氣不接下氣。

「……會、會死……」

聲音也斷斷續續。喂喂，我還能繼續跑喔。你的體力也太差了吧。

「我們才剛開始跑沒多久喔？」

萊薩聞言不開心地大吼：

「吵、吵死了！在山上修煉根本是野蠻人的行為！就是這樣我才不喜歡轉生惡魔！」

「你在說什麼啊。就算是惡魔，只要多加練習也會變強，所以修煉也不會吃虧喔？」

「我可是純正的上級惡魔喔？重視繼承的血統與才能，以貴族的方式過活才可以稱為上級惡魔！而且我們家可是高貴到能夠和出任魔王的吉蒙里家締結婚約！現、現在居然得做這種土氣的事……！」

啊——果然是大少爺。今天才第一天耶？現在就抱怨也太早了。不過我剛開始和龍一起生活的時候也是很困惑、很害怕。

就是這樣，我們在山上的訓練從此開始。

……真是前途堪慮。

—○●○—

上山閉關第三天。

蕾薇兒提著裝有慰勞品的籃子現身。

「噫、噫————！」

萊薩在遠方被巨龍追趕，一邊慘叫一邊在雪地裡奔跑。加油，萊薩。

我和蕾薇兒坐在突出雪地的岩石上休息。

我喝著她從保溫瓶裡倒出來的熱茶……好溫暖啊。

「……哥哥還好嗎？」

蕾薇兒很擔心地發問。

「嗯──很難說耶。不過儘管嘴巴抱怨，該做的訓練還是都能達成。我一開始在接受坦尼大叔的嚴格訓練時，差不多也就是那個樣子，逐漸習慣之後會好一點吧。他之前一直無法重新振作，或許有部分原因是太依賴妳們。」

「這樣啊……那我比較放心了。」

蕾薇兒聽到我的說法，表情稍微放鬆一點。

「這個鬆餅很好吃喔。」

我吃了籃子裡的鬆餅，老實說出自己的感想。

「真、真的嗎……？材料之類的都是來自這裡的龍，可是還是少了些東西……沒有辦法做出完美的成品……」

「啊啊，沒有必要說謊。真的很好吃。蕾薇兒真的很會做這些糕點類的東西呢。」

放進嘴裡的瞬間就能感覺到恰到好處的口感，一股微甜在口中擴散。

聽到我的感想，她把手放到嘴邊得意笑道：

「那、那當然！能夠吃到我的鬆餅，一誠先生真是太幸福了！請好好感謝、細細品嚐！」

「好好好。」

「你、你那是什麼反應！真是的！難、難得特地起個大早……」

「起個大早？」

「不、不是！這種東西只要有點時間，要做多少都沒問題！只是我今天剛好起得比較早而已！」

她雖然有著高傲、散發大小姐氣氛的明顯個性，其實內心很純真。

「對了……以人類世界的學校來說，蕾薇兒是幾年級啊？」

我問了之前就很想問的問題。就是蕾薇兒的年齡。因為覺得直接問幾歲好像有點失禮，才想到以學校為基準來換算。

「我就特別告訴你。以日本的高中來說，我是一年級。」

「高一！真的假的？那麼豈不是學妹嗎！」

我嚇到了！她才一年級！和小貓還有加斯帕一樣！她和小貓不一樣，發育得相當不錯，有些部位看起來甚至比高二的愛西亞還要成熟……

我剛才竟然以有色眼光看過蕾薇兒的全身！不行不行！或許是因為知道她比自己小，罪惡感在我的心中翻騰！

「改天我想試穿駒王學園的制服。」

「喔——妳就穿穿看吧。應該會很適合。」

「那當然！我一定會很適合的！我……我改天可以再次拜訪府上嗎？」

「可以啊，儘管來吧。」

「那、那我就不客氣了！了解人類世界的平民如何生活，也是上級惡魔的工作！」

我自作主張了……之後應該不會挨社長罵吧？可是看見蕾薇兒的反應，我又怎麼有辦法拒絕呢！

這時蕾薇兒說道：

「對了，莉雅絲小姐等人表示今天晚上會過來這座山。」

「社長她們要來？」

「是啊。好像是因為附近有很棒的溫泉。」

溫泉！社長她們要來看我們的狀況，順便去泡溫泉……

「呀啊————！」

啊，是萊薩的慘叫聲。大概又挨了龍的攻擊吧。

如此這般，這天的訓練也順利結束。

—○●○—

當天晚上，我待在修煉時充當寢室的洞窟裡，但是即使鑽進睡袋也睡不著。

——溫泉！社長她們去泡溫泉！

……呼呼呼。我的思緒變成粉紅色！是溫泉耶！而且似乎不只社長，連朱乃學姊她們都來了！

可以在這種深山裡看見胸部亂舞！禁慾了三天，我已經忍不下去了！我正直多愁善感的青春期喔。再不看胸部哪裡能夠保持正常！

原本為了讓萊薩重新振作而認真努力的我，在聽見溫泉兩個字之後，現在已經完全進入色狼的思考模式！

啊啊，沒錯！我就是這樣！這樣才像我！

——只能去了！去溫泉吧！

……既然如此，就必須偷偷溜出這個洞窟，不讓萊薩發現才行。

我往萊薩的方向瞄了一眼。不知為何他很安靜。自從來到這裡之後一直抱怨「貴族哪能睡在洞窟裡！」、「居然淪落到只能睡睡袋！」之類的，今天晚上特別安靜……太奇怪了。

我鑽出睡袋，確認萊薩的狀況。

——！在睡袋裡探出頭的是個像假人的東西！上面還畫著醜陋的臉！可惡！難不成！那

個傢伙一邊練跑，一邊聽我和蕾薇兒的對話嗎！好驚人的聽力！而且我都忘了！

——那個傢伙可是真的擁有後宮的超級大色狼！

「該死的混帳！你休想！看見社長的！愛西亞和朱乃學姊的！大家的裸體！」

我燃起怒火，當場變身禁手(balancebreaker)，穿上赤龍帝的全身鎧甲(plate armor)飛出洞窟。

夜間的山上，雪花靜靜飛舞。我展開龍之翼，以最高速追趕來薩。

那個傢伙……！跑到哪裡去了！我飛出洞窟之後立刻遇見夜行性的龍，問過之後大致上知道溫泉的地點在哪裡。

飛了幾分鐘，我的視野當中出現搖曳的火光。

——是炎之翼！飛在前面的是萊薩！

我趕緊飛過去。這時對方好像也發現我，轉頭面對我。

「嘖！被發現了嗎！」

「啊！你說什麼！看來你果然想去溫泉偷窺！」

「偷窺有什麼不對！有女人泡溫泉，自然就會有男人偷窺！」

「這是貴族該做的事嗎————！」

不可原諒！這隻好色的烤小鳥————！女性眷屬的胸部由我來保護！我為了制止那個

傢伙而衝過去！

他輕飄飄躲過我的衝撞！空中戰對那隻烤小鳥比較有利！

「你的攻擊比當時銳利多了！但是我只是想看莉雅絲的胸部，只有你能享受她的胸部，這實在是天理難容！」

那個傢伙一邊胡說八道，一邊從炎之翼冒出特大號的火焰！

「你是白痴啊！我哪可能讓你看到！那是我的社長！」

我躲過火焰，朝對手發射魔力彈！但是也被他躲過。

雙方發出的攻擊打在山上發出巨響，蒸發積雪。

「我是她的前未婚夫，卻從來沒有親眼看過那對巨乳，你覺得我會死心嗎！你站在我的立場想想看！」

他的說法讓我瞬間沉思……這、這樣或許無法死心！

但是！這是兩回事！話說為了想看胸部居然可以恢復到這種程度，到底有多麼好色！他現在的氣勢和訓練時完全相反——！鍛鍊的時候不會拿出那種氣概嗎！

說什麼這個傢伙沒有毅力，我看他有嘛！有不輸給我的「色狼毅力」！

「我也想看看雷之巫女的胸部！她也很大吧！」

「朱乃學姊的胸部！這下子真的饒不了你了！越聽越火！那對豐滿的胸部只屬於我——

——————！」

霍——————！隆——————！轟隆——————！

火焰漩渦與龍之氣焰在雪花紛飛的山上大肆破壞！

我和萊薩在空中延續那天的戰鬥，同時慢慢朝溫泉接近。

開始雪山空中決戰之後，過了十幾分鐘——

「吁——呼——」

「吁——呼——」

我和萊薩都因為空中對戰而疲憊不已……對方是不死之身，無論打倒幾次都會再生。明明是個薌居族卻這麼有韌性……不過我隱約猜得到他為什麼這麼耐打——光是情色思想就可以讓他振奮起來吧。

你就這麼想看社長的胸部嗎！真的很想看吧！我也很想看啊！那麼美妙的胸部真是世間少有。我一點也不想讓他見到那對胸部！

「……你變強不少嘛。空中戰明明對我有利，但是你卻正面迎戰，還能和我打成這樣。赤龍帝真是越來越可怕了！」

萊薩上氣不接下氣地開口。

我在那之後也一直修煉！哪可能再次慘敗在你的手下！對手的再生能力固然可怕，但是我也憑著驚人的韌性試圖打倒他。萊薩的再生能力已經減弱不少。只要進入拚耐力的階段，我應該打得贏。

雖然還有一段距離，但是我看見雪山裡有些許亮光。溫泉就在那裡吧。

我們在不知不覺間太過靠近溫泉。這下可不能打得太明目張膽，不然可能會讓社長她們嚇得離開溫泉。我也想偷看大家泡溫泉！

……我無意間想到一件事。打倒這個傢伙的辦法。這是同為色狼才想得到的主意，應該會有效吧。

「啊！社長！胸部露出來了！」

我看向溫泉如此大喊——

「什——麼——！」

中計的萊薩轉過頭去。不會吧……真的上當了。

「有破綻——！」

咚叩！

「咕哇——！」

我一腳踢向在萊薩的後腦勺將他踢飛……但是！啊啊啊啊啊！他朝溫泉的方向飛過去

了！我太用力了！

我趕緊朝他的方向飛過去。

「…………」

萊薩一頭栽進溫泉裡。只有腳朝上露在外面。看樣子完全昏過去了。

我解除鎧甲，忍不住擺出勝利姿勢。

喔喔！我！我打贏萊薩了！不……不過這個傢伙雖然憑著色狼毅力行動，卻也不算是最佳狀況，所以不知道到底有多麼值得高興，但是我確實感覺到自己比半年前更強！而且我拯救社長脫離他的魔爪！

……咦，奇怪？我好像是為了讓萊薩重新振作起來，才來這座山的吧？

如今又把他打倒了……呃，嗯！為了保護社長的胸部，這也是沒辦法的事！

「……我還以為是誰弄出這麼大的聲音，原來是一誠。」

熟悉的聲音。我轉過頭去，看見全裸的社長！

噗！晃動的胸部讓我噴出鼻血！啊啊，這正是屬於我的胸部！

「哎呀哎呀，是一誠啊？」

「一誠先生也來了嗎？」

「不愧是一誠，跑來偷看我們泡溫泉嗎？」

朱乃學姊！愛西亞！連潔諾薇亞也在！簡直就是胸部大會師！

我看著眷屬的裸體流下感動的淚水——

「……一誠先生，兄長大人？」

這是蕾薇兒的聲音！視線看往聲音傳來的方向——只看見全裸的蕾薇兒。蕾薇兒也來泡溫泉了嗎！

……她的胸部也很有份量，相當不錯……！

我流著鼻血，直直盯著晃動的胸部。蕾薇兒察覺到我的視線，遮住胸口，滿臉通紅！

接著背上冒出炎之翼！這、這是……！

「一誠先生是色狼——！」

霍————！

「呀啊——！」

挨了蕾薇兒發出的特大火焰，我和萊薩在雪山上燃燒！

好不容易從溫泉回到洞窟，燒成焦炭的我和疲憊不已的萊薩躺下。

幸好社長她們的胸部沒有被這傢伙看見。光是有這樣的成果，我就相當滿意。

萊薩突然對我說道：

「我決定放棄莉雅絲。所以只要一次就好，讓我看看莉雅絲的胸部吧。」

「開什麼玩笑！這隻烤小鳥！」

這傢伙果然是我的敵人！我和萊薩馬上展開當天的第二次對決。

後來聽說萊薩因為這次修煉恢復不少，也克服了對龍恐懼症。

Life.5 末日之戰運動會！

事情發生在陪萊薩上山閉關之後不久。

阿撒塞勒老師在放學途中把我攔下來，劈頭就說：

「喲——一誠！你想不想活動活動筋骨啊！有個很好的活動喔——」

看他的笑容很有問題……

太、太可疑了……回顧過去的經驗，他每次露出這種笑容詢問我時，八成都是沒什麼好事的前兆。

「我才不要。反正一定沒什麼好事吧？大家還在等我，我先走一步——」

「等一下，別這樣嘛！是運動會！來參加運動會好嗎？」

老師拉住我的手開口。

「運、運動會……是嗎？」

我以懷疑的眼神盯著老師，老師從懷裡拿出選手登記表開始說明：

「沒錯，我們的組織搞了一個活動要舉辦運動會，所以想請你擔任客座選手。」

組織——神子監視者是吧。他們要辦運動會？然後還找我當客座選手……是想叫胸部龍去嗎？

「對了，你不是說過想見見墮天使的美女嗎？這位大爺……我們這邊有很多胸部很大又很好色的女生喔……？」

「突、突然這麼說，我……」

見我遲遲不肯答應，老師拿出幾張照片給我看。

喔喔！照片上都是長了黑色羽翼的漂亮大姊姊，姿勢和服裝都很大膽！

「真、真的假的！這、這下子該怎麼辦……」

我接過照片，看得目不轉睛！哎呀——每一個的身材都很好……嗚哇，這個女生的胸部也太大了吧！但是腰卻很細！我、我受不了了……！

參加那個什麼運動會的話，老師就會介紹這些大姊姊給我認識嗎？若是這樣，要我在這張登記表上簽名也可以——

正當我如此心想，準備收下表格時——

「唔！阿撒塞勒！我告訴過你了！一誠是我們的！」

一名紅髮男子從暗處跳出來！嗚哇！瑟、瑟傑克斯陛下！陛下怎麼會在這種地方？當我心中冒出這些疑問時，看見瑟傑克斯陛下的老師嘖了一聲！

「啐！魔王陛下出現啦！哼哈哈哈哈哈！後會有期！」

留下這種有如壞蛋的告別台詞，老師迅速消失！這、這是怎麼回事！

瑟傑克斯陛下把手放在我肩上嘆氣：

「……真是個不能大意的男人。我的妹婿差點就要變成墮天使方面的選手。」

……我、我搞不懂！為什麼瑟傑克斯陛下會來到這裡，老師又為什麼會逃走？

這和剛才提到的神子監視者(Grigori)舉辦的運動會有關係嗎？

我決定對瑟傑克斯陛下提出我的疑問：

「請、請問，瑟傑克斯陛下。這、這是怎麼回事？」

「嗯，等莉雅絲的眷屬到齊之後我再一起說明吧。」

——就是這樣，突然出現在人類世界的魔王瑟傑克斯陛下，在我和社長他們會合之後，跟著我們一起前往我家。

「三大勢力的運動會——！」

在兵藤家的客房，包括我在內的所有莉雅絲．吉蒙里眷屬都同時驚訝吶喊。

為我們說明的瑟傑克斯陛下喝了一口紅茶之後點頭：

「嗯。其實是三大勢力想辦個親睦會，所以打算透過體育交流一下。於是決定舉辦運動會。」

舉辦運動會作為三大勢力的親睦會啊……原來如此，剛才阿撒塞勒老師所說的運動會，其實就是這個吧？可是老師為什麼要謊稱是墮天使的活動，見到瑟傑克斯陛下還逃走呢？

「啊，關於運動會的事，天界方面剛才也通知我。」

轉生天使伊莉娜也舉手發言。對了，伊莉娜是天界的關係人士。當然會聽說這方面的活動資訊囉。

瑟傑克斯陛下露出微笑，繼續說下去：

「當然了，我希望你們能夠以選手的身分代表惡魔方面參賽。這是重要的異文化交流。請各位莉雅絲．吉蒙里眷屬務必幫忙。包括胸部龍一誠在內，你們在冥界很有人氣。」

聽到陛下的話，大家紛紛說些「運動會啊——」、「好像很有趣。」之類的，似乎都很感興趣。偶爾來點這樣的活動也不錯。三大勢力能夠藉此交流也是好事。天界和冥界最近經常遭受恐怖分子攻擊，更應該透過這樣的活動強化同盟關係。

不過我有件事不太明白，舉手詢問瑟傑克斯陛下：

「請、請問，剛才老師想拉攏我是怎麼回事？」

瑟傑克斯陛下苦笑開口：

「……他恐怕是想把你拉去當墮天使方面的選手吧。因為你的人氣和神器（sacred gear）能力很有可能對比賽造成影響……真是的，那個總督總是在奇怪的時候特別有行動力。我也是因為葛瑞菲雅說他很可能這麼做，所以才利用休假過來看看——果然被她料到了。」

是、是這樣啊……我差點在不知道真相的狀況下被登記為墮天使方面的選手嗎！嗯嗯嗯……那個總督還是一樣喜歡在這種地方耍小手段！可、可是，我也好想認識性感大姊姊！

「……學長又在妄想下流的事了吧？」

坐在我大腿上的小貓擰我的臉頰……會痛啦，小貓。

社長站了起來，對瑟傑克斯陛下說道：

「我知道了，兄長大人。只要我們能夠勝任，我們都很樂意參加！」

就是這樣，我們吉蒙里眷屬決定參加天使、墮天使、惡魔三大勢力舉辦的運動會！

之前一直和天使以及墮天使沒有什麼交流，所以我很期待這次活動！

○●○

砰！砰！砰！

運動會的煙火聲響起。

我們吉蒙里眷屬來到三大勢力舉辦運動會的會場！這個場地的是排名遊戲使用的遊戲領域，是個頗為廣大的空間。

嗚哇——！有好多和伊莉娜一樣，頭上頂著光環、背上長著白色羽翼的天使，還有背上長著黑色羽翼的墮天使！當然也有很多惡魔，只是我沒什麼機會見到這麼多天使和墮天使，感覺很新鮮，讓我十分緊張！大家身上都穿著運動服。

天使穿的是白色、墮天使的是黑色、惡魔是紅色。所以我們的運動服也是紅色。

老師是墮天使方面的代表，伊莉娜是天使方面的選手，所以不在我們身邊。他們兩個只有今天是我們的敵人。

「啊，是胸部龍。開關公主好可愛～～」

「是赤龍帝和莉雅絲公主。」

「地獄貓超萌的！」

光是走動就會引來不少好奇的視線……我們的認知度在三大勢力當中也不低呢。這也是拜那個特攝節目「乳龍帝胸部龍」所賜吧。

——發現伊莉娜！她正在和一名長著金色羽翼、氣質顯然特別高貴的人站著聊天……我記得那個天使……

伊莉娜也注意到我們，一邊揮手一邊和那名男子一起走向我們。

「啊，莉雅絲、一誠、各位！你們到啦！」

男子也對我們微笑：

「好久不見了，各位。我是天使長米迦勒。上次見面是三大勢力談和時吧。」

沒錯！他就是天界的現任領袖米迦勒先生！嗚哇——我再次見到傳說中的天使！光是用看的就覺得他充滿神聖的氣息，身為惡魔好像快要因此受到傷害！

「不、不好意思，沒有先向您打招呼！好久不見了！」

「您好，米迦勒大人。之前承蒙照顧了。」

「好久不見。」

我、社長、各位眷屬一起向米迦勒先生打招呼。哎呀——向天界的領袖打招呼，真是叫人緊張啊！

「能夠認識傳說中的米迦勒大人真是太幸運了！我真慶幸自己加入吉蒙里眷屬！」

第一次見到米迦勒先生的羅絲薇瑟因為和天使長的邂逅感動不已。

「是啊，一起正大光明地享受比賽吧。」

米迦勒先生的笑容當中感覺不到任何一絲惡意，耀眼極了。這就是熾天使(Seraph)之首的微笑……！感覺可以帶來好運。

「米迦勒大人——開幕典禮好像要開始了——」

突然傳來另外一個聲音。我看向聲音的方向——有名波浪捲金髮、看起來溫和大方的天使大姊朝我們走來！背上的羽翼也很多！

唔喔喔喔喔！那名大姊姊長得好美！身材也相當出眾！胸部好大！天使的巨乳更讓人覺得特別可貴、特別神聖！

米迦勒先生摸摸下巴，似乎是沒注意到這件事。

「哎呀，這樣啊。我只是向各位貴賓打個招呼，時間過得真快。對了，我應該先向大家介紹的。這位是和我同為四大熾天使（Seraph）之一的——」

「各位好，我是四大熾天使（Seraph）之一，加百列。」

美麗的天使大姊嫣然一笑，向我們打招呼！

她給人的感覺很溫柔，笑容也美極了！而且還是四大熾天使（Seraph）之一！太厲害了——！

「加百列大人是天界第一美女，也是天界最強的女性天使！題外話，在冥界的人氣也很高喔！」

伊莉娜有點激動地說明，聽起來相當自豪。是喔，在冥界也很有人氣啊——說得也是，這麼美麗的美女當然是人見人愛。

「不只米迦勒大人，連傳說中的加百列大人都見到了……」

「嗯，今天真是個美好的日子……」

愛西亞和潔諾薇亞的眼中閃現燦爛光芒，雙手合十，一臉恍惚。

對於兩個原本和教會有關的人來說，米迦勒先生和加百列小姐這兩名熾天使(Seraph)可以說是彷彿置身天上的存在吧。

好、好吧，他們兩個確實住在天上沒錯……

「……賽拉芙露·利維坦陛下也暗中視加百列大人為競爭對手喔。」

社長在我耳邊如此說道。

真的假的！利維坦陛下把這位大人當成競爭對手啊。

「這不是一誠嗎？喔喔，米迦勒也在。」

身穿黑色運動服的阿撒塞勒老師帶著一名體格健壯的男子出現在我們面前。

那名男子——是朱乃學姊的父親巴拉基勒！上次見面是在對抗洛基之戰吧。

米迦勒先生和老師握手。

「哎呀，是阿撒塞勒，好久不見了。你看起來還是很有精神。」

「哈哈哈，還好啦。今天我們可不會輸給你們喔，天使長大人。」

「我就姑且說聲那是我的台詞好了。」

喔喔，老師和米迦勒先生雖然笑著握手，卻朝周遭散發異樣的壓力……他們的震撼力使得兩人之間的空間產生扭曲。千萬不可以在這種地方展開最終頭目之間的戰鬥喔！這個領域三兩下就會灰飛煙滅！

或許他們早已在看不到的狀況下，展開組織之間的意氣之爭！

「……朱、朱乃。」

「…………」

巴拉基勒和朱乃學姊之間的氣氛也很微妙……父親是墮天使組織的幹部，女兒是惡魔方面的選手，所以父女今天得在比賽當中彼此競爭。

兩人之間原本有些摩擦，不過也已經在之前的事件當中解決……

呼。

朱乃學姊一言不發轉過頭。巴拉基勒看見她的動作，忍不住張大嘴巴，內心似乎大受打擊。這時只有我們看到朱乃學姊吐出舌頭，露出惡作劇的笑容。

啊，朱乃學姊只是捉弄一下父親吧。看來他們父女的關係還不錯，這樣我就放心了。

『各勢力的選手，開幕典禮即將在中央操場開始舉行，請各位選手開始集合。重複一次，各勢力的——』

喔，是會場廣播。看來運動會的開幕典禮即將開始。

各勢力的選手已經集合到中央操場。選手們分成天使、墮天使、惡魔等三支隊伍，我們也排進惡魔方面的隊伍當中。

『呃——選手宣誓。我們將秉持運動家精神，堂堂正正進行競技。』

選手代表進行宣誓之後，開幕儀式也差不多要結束了。

這麼說來，今天的運動會好像是仿照日本的方式進行。各種比賽也都是配合日本的項目進行編排。

……嗯，根據手上的行程表看來，項目有「借物賽跑」、「咬麵包賽跑」之類的，還真的是相當日式……

見到我偏頭瞇起眼睛看著行程表，木場為我說明：

「聽說大家是覺得日本運動會的比賽項目很有趣才採用的。之前駒王學園不是舉辦運動會嗎？當時各勢力的相關人士都偷偷跑來參觀，似乎都相當樂在其中。」

喔——那次運動會有三大勢力的相關人士前來參觀啊。

開幕典禮結束後，我們移動到指定的加油區。我個人參加的項目有「障礙物賽跑」和「借物賽跑」。

然後還有人叫我參加最後的「大隊接力」。是瑟傑克斯陛下說變身禁手(balance breaker)也可以，希望我可以參加。既、既然陛下都這麼說，我也不好意思拒絕，所以就參加了。

再來就是全體參加的「投球競賽」和「騎馬打仗」吧。

在移動到加油區的途中，我們經過墮天使隊的集合處——

阿撒塞勒老師正好在對身穿黑色運動服的墮天使軍團賣力演說。

「你們聽好了——這是名為交流會的戰爭。唯有今天，無論你們怎麼大鬧我都不會多說什麼。儘管已經建立合作體制，你們平常對天使和惡魔一定還是有很多怨言吧。不是天界道具的價格太貴，就是惡魔的等價交換觀念很煩，心裡一定累積了很多不滿吧。今天就儘管發洩吧——我允許你們！」

「喔喔喔喔喔喔喔喔喔喔喔！」

……墮天使們氣勢大振，甚、甚至發出怒號！話說所以墮天使的眼中都閃耀詭異的光芒！他、他們平常對天界和惡魔到底有多麼不滿啊？

就在這個墮天使誓師大會旁邊，身穿白色運動服的天使軍團也集合在一起。統籌天使們的米迦勒先生微笑開口：

「哈哈哈，墮天使們都很有精神呢。」

看著墮天使的集會，天使們紛紛表達不滿。

「要是完全配合他們的步調，我們說不定會墮天……！」

「天使一旦墮落就完蛋了，墮天使和惡魔就不能了解這一點嗎……！」

天使方面對於墮天使和惡魔也有不滿吧……

「大家請聽我說。」

米迦勒先生面帶燦爛的微笑，全身上下卻有危險的金色氣焰不停奔流。

「遵行我平常的教誨就對了——對於異端施與天罰。我們有代替已故的神行使權利的職責——賜給他們『光』吧。」

「是！賜給他們末日！」

他、他們剛才是不是說了光，還、還有末日啊……？太可怕了！這場運動會好像變成組織之間的代理戰爭吧……？

惡魔們也以瑟傑克斯陛下為中心在集合，所以我們也加入那邊。

「哎呀，蒼那。終於找到妳了。」

「莉雅絲，今天一起加油吧。」

我們遇見蒼那會長。也對，蒼那會長同是上級惡魔西迪家的繼任宗主，找她來參加這次活動也不奇怪。這次運動會有很多名家成員參加。話說社長好像原本就知道蒼那會長有參加的樣子。

我找到匙了！他好像也發現我們，對著我說道：

「我們兩個今天都要為了惡魔加油啊，兵藤。」

「好，總之一起加油吧。」

就在我們說著這些話時，瑟傑克斯陛下開始致詞：

「看來天界和神子監視者（Grigori）都很有精神。我們也不能輸給他們，要盡力和他們競爭。雖然說是透過競技來彼此交流，放水依然是失禮的行為——認真對付他們。」

瑟傑克斯陛下帶著爽朗的笑容開口。可、可是卻要我們認真對付他們……

「末日之戰——！」

惡魔們同時放聲大喊！

口號居然是末日之戰！太危險了吧！

惡魔們聽到瑟傑克斯陛下的演說，也都完全拿出幹勁……

……不過露出最和平的微笑的人是魔王，這讓我強烈地感覺自己來到一個非常不得了的地方。

……我只能感受到不吉利的預感。

○●○

雖然我原本如此心想，運動會卻進行得意外和平順暢。

一開始我還提心吊膽，一邊心想「會不會因為某種導火線引發戰爭……？」一邊在一旁觀看，現在總算能夠安心為惡魔選手加油。

「加油──！」

我們也為正在操場上奔馳的惡魔選手加油。加油區鋪著塑膠布，眷屬們都進入休息模式。準備參加比賽的夥伴則是在做準備運動，放鬆身體。

我也和木場一起做伸展運動。題外話，愛西亞不在這裡。擁有恢復之力的愛西亞加入救護小組，在搭有帆布棚的救護專區待命。

「加油──加油──惡・魔・隊☆」

在加油區前跳著加油操的是魔王賽拉芙露・利維坦陛下。她打扮成魔法少女的模樣，和幾名女性隨從一起跳舞為惡魔加油。

好，我要參加的「障礙物賽跑」差不多要開始了。

『參加障礙物賽跑的選手請到指定地點集合。』

這時正好響起集合的廣播。

「那麼我去集合了。」

我向大家報告準備出發。

「好，要加油喔。」

「我在這裡幫你加油。」

得到社長和朱乃學姊兩位大姊姊的鼓勵之後，我前往指定的集合地點。

○障礙物賽跑

移動到選手集合處之後，我排進隊伍之中。話說……我在最前面一排！

我是第一批競賽選手啊……心裡越來越不安。

『障礙物賽跑即將開始！』

喔，終於要開始了。我擺出準備起跑的姿勢。

『各就各位，預備……開始！』

我隨著口令衝出去！起跑衝刺好像還算順利！每一批有兩名各勢力的選手，總共六名一起朝終點跑過去！

障礙物都是一些相當忠於基礎的東西。爬上平衡木、鑽過網子，各自使用不同球類運動的球或拍或踢。

我進行得相當順利，來到最後的障礙物前——

「嘎喔——！」

「啾嘶————————————！」

「吼汪吼汪！」

隨著危險的叫聲現身的——是差不多有九個頭的大蛇、看起來像狗的三頭巨大怪物，還有翼展大得異常的怪鳥！

那是怎樣！怪獸展售會嗎？我嚇到眼珠差點沒掉出來！仔細一看，和我一起跑的其他選手也都驚訝不已！我想也是！

話說那隻三個頭的狗！那不是叫什麼塞伯拉斯的地獄犬嗎？之前我和那種狗打過，所以記得很清楚！

『最後一樣障礙物安排有各種怪獸喔☆能夠輕鬆殺害天使和惡魔的劇毒大蛇，九頭蛇！地獄看門狗塞伯拉斯！還有神祕的怪鳥席茲參戰！請各位選手好好表現，擊退那些怪獸！』

說什麼安排各種怪獸喔☆——！

「喔喔，這不是兵藤一誠嗎？」

有隻怪獸向我搭話。正當我認真思考自己認識什麼怪獸時——才發現原來是一隻巨龍，是前龍王坦尼大叔！

「大、大叔！你怎麼會在這裡？」

我這麼一問，大叔搔搔頭說道：

「哎呀，因為有人希望我協助三大勢力的運動會，所以我過來參加……結果我負責的工作好像是這個。」

以怪獸的身分參加？龍、龍確實算是怪獸沒錯……可是原本是龍王，現在又是最上級惡魔的大叔來當最後的障礙物也太誇張了吧！

「呀啊——！」

「嗚哇——！」

「救命啊——！」

慘叫聲四起！我看向旁邊，墮天使被大蛇纏住，天使被怪鳥抓走！然後另一名惡魔選手也被塞伯拉斯咬住頭！所有人的處境都相當危險！

『哎呀——！各選手立刻就和怪獸們開心地嬉戲！真是和平的景象！』

吵死了！哪裡開心了！各選手怎麼看都是陷入危機好嗎！

「好，你也來挑戰我吧！」

如此說道的大叔從口中吐出巨大火焰——

轟隆——！

挨了號稱足以匹敵隕石撞擊的火焰攻擊，我被炸飛到了天空——

○借物賽跑

接受愛西亞的治療回到加油區的我，已經體無完膚……

我好不容易拿到第一名，但是沒有打贏大叔，而是一路逃到終點……後來也陸續出現中途棄權的選手，場面相當不得了。

「…………」

各陣營加油區的氣氛也變得劍拔弩張，充滿緊張感。

總之在障礙物賽跑之後，每支隊伍都充滿殺戮之氣，每個選手的眼神都變得銳利。應該說是因為和當成障礙物的怪獸戰鬥之後，挑起了鬥爭意識。

這下肯定還會出事吧……

『參加借物賽跑的選手請到指定地點——』

哎呀，借物賽跑開始廣播集合了。

「那麼我又要去集合囉。」

「……學長加油。」

「一誠學長加油～～！」

在小貓和加斯帕兩名可愛的學弟妹的聲援中，我前往名為集合地點的戰場。

拜託，這個項目一定要和平進行。我排進隊伍當中等著上場。不久之後終於輪到我。
我站上起跑線，擺出準備衝刺的姿勢。
『各就各位，預備……開始！』
很好！起跑衝刺成功！
我奮力衝出去，撿起途中的信封。
「ヤキ〇リ老師是誰！」
「黃〇色的詠使是哪位！」
其他選手撿到的內容好像都相當困難。
好了，我的呢？我打開信封，確認要借的東西。
「…………」
我看見紙上的內容，腦袋瞬間停止思考。
上面只寫了──「妹控」兩個字。我嚥下口水，前往ＶＩＰ的遮陽棚區找到某個人！
「瑟傑克斯陛下！請跟我來！」
「嗯！要借的東西是我嗎！好，我知道了！」
我拉著瑟傑克斯陛下的手，一路衝向終點！
『第一名是惡魔的選手──！』

好啊，我又拿到第一名了！我不禁擺出勝利姿勢，這時瑟傑克斯陛下開心詢問我：

「對了，一誠，你要借的東西是什麼？『魔王』？『紅頭髮的人』？還是『大舅子』之類的？哎呀——真傷腦筋。」

「……………是、是啊，差不多就是這樣。」

我看著旁邊這麼回答，然而——

「哈哈哈哈，我感到非常榮幸。」

瑟傑克斯陛下好像很高興的樣子！

我說不出口！我怎麼說得出口！我怎麼能說紙上寫的是「妹控」！

而且我第一個想到的就是瑟傑克斯陛下！雖然賽拉芙露陛下也可以，但是我剛才一時衝動就找了瑟傑克斯陛下！因為……因為他確實是妹控！他最喜歡的就是自己的妹妹，莉雅絲社長嘛！

可是這種話我怎麼說得出口！我決定一輩子保密，把這張紙帶進墳墓裡。

○投球競賽

接下來是各陣營的所有選手一起參加的投球競賽。

操場上立有很長的木棒，頂端設置籃子，選手們必須將代表各陣營顏色的球投進裡面。完全和日本的投球競賽一模一樣。

選手們都就定位，等待比賽開始。

『那麼，天使、墮天使、惡魔全員參加的投球競賽開始！』

聽見這個廣播，大家紛紛撿起地面上的紅球，朝籃子丟過去！我也和社長她們一起和樂融融地撿起球，準備投向籃子——

「朝那些惡魔投出光——！」

轟隆——！

「當時的怨恨！」

隆——！

「末日之戰開打啦，混帳——！」

「吹響末日的號角——！」

轟轟轟轟——！

四處響起爆炸聲，大家都不顧投球競賽，展開戰鬥！你們在幹什麼！天使和墮天使丟的不是投球用的球，而是朝著惡魔丟出光球！惡魔也不落人後，以魔力應戰！墮天使還趁亂攻擊天使！

『天使、墮天使選手請勿朝惡魔投光球——！惡魔會就此消失！喂，那邊那個！不准拿光之長槍來扔！現在不是在比這個！惡魔也不要攻擊！你們是白痴嗎！真的是白痴嗎！』

播報員也受不了了！事情越來越不妙了！

「真是有趣，一誠！」

社長倒是很樂在其中——！

正當我感到驚訝時，視野中出現兩名領袖的身影。

「喲——米迦勒。在這裡遇見我就表示你氣數已盡。」

「呵呵呵，你今天的眼神和過往的戰鬥時一模一樣，邪惡極了。」

是阿撒塞勒老師和米迦勒先生！雙方對峙，彼此互瞪！感覺隨時都會開打！

「是啊，我回想起那個時候了。你這個傢伙，居然在那個時候發表我還在天界時所寫的報告。」

老師一邊拿球丟米迦勒先生一邊開口！老師，那個球不是拿來丟天使的，是要投進籃子裡面的！

米迦勒先生閃過老師丟的球，手摸著下巴露出意味深長的笑容：

「啊啊，你是說那個吧，那本設定資料集吧？標題是『我想出來的最強神器（sacred gear）資料集』裡面寫了一長串設定，還附上親筆畫的插畫。你的才能相當出色啊。害我不小心在遠古的大戰裡，把裡面的內容印成傳單到處分發。因為我很希望大家都能看到——名稱好像是『閃光與暗黑之龍絕劍（blazer shining or darkness blade）』是吧？那真是太優秀了。」

老師聞言不禁臉紅，又拿著球丟過去！

「吵死了！都是因為你的傳單，害我好一陣子都被其他幹部叫成『閃光與暗黑之龍絕劍（blazer shining or darkness blade）總督』你知道嗎！前一個說『喂，阿撒塞勒，把祕密武器閃光與暗黑之龍絕劍（blazer shining or darkness blade）拿出來吧。』、後一個說『接下來要用閃光與暗黑之龍絕劍（blazer shining or darkness blade）解決敵人吧？』、不然就是『阿撒塞勒啊，晚餐要吃的閃光與暗黑之龍絕劍（blazer shining or darkness blade）做好了嗎？』說個沒完——！」

「哈哈哈，那還真是抱歉！」

米迦勒先生躲過阿撒塞勒老師丟出的球，也對老師丟球！

……總覺得他們之間好像有很多經年累月的新仇舊恨。老師也有年輕的時候……不過他們兩位看起來都玩得很開心。

這時我看見朱乃學姊和巴拉基勒展開對峙！

「朱、朱乃……」

巴拉基勒不知道該對朱乃學姊說些什麼，至於朱乃學姊則是交握雙手，以水汪汪的眼睛懇求巴拉基勒

「……父親大人！請幫我們的忙！」

朱乃學姊帶著憂傷的表情真是可愛！巴拉基勒聽到學姊的話——

「……唔唔、唔喔喔喔喔！」

一邊大吼一邊抱起代表惡魔的紅球往籃子裡扔！

老師見狀大吃一驚！

「巴拉基勒！喂、喂！你在做什麼傻事！該丟的是黑球！」

「抱歉，阿撒塞勒！我的女兒！朱乃！這都是為了我的獨生女啊————！」

巴拉基勒拋開總督的吩咐，繼續為了女兒而奮鬥！

「呵呵呵。」

朱乃學姊也很高興地和父親一起投球。儘管這是朱乃學姊的惡作劇，但是能夠和父親一起參加競賽，看起來倒是玩得很開心的樣子。

「……三大勢力還真是亂來。」

羅絲薇瑟嘆了口氣，唸唸有詞。真的，有夠亂來的。

○騎馬打仗

接下來的競賽也是團體賽的騎馬打仗。

各勢力的三名選手搭成馬，由騎師騎在上面。經過剛才的投球競賽，三大勢力的選手們情緒都變得異常亢奮，操場已然化為充滿敵意，殺氣騰騰的戰場。

我們眷屬分成兩隊，一邊由社長擔任騎師（馬是朱乃學姊在前，羅絲薇瑟與小貓在後），一邊由我擔任騎師（馬是木場在前，潔諾薇亞與加斯帕在後）。

『那麼，騎馬打仗開始！』

在播音員喊出口號的同時，各勢力的馬都戰意高昂地衝出去！

「喝啊————！大災難降臨！死吧，天使們————！」

「別小看天使————！接受末日審判吧！」

「天使和墮天使都一起滅亡————！」

大家全都施展出強大的光力、魔力展開總體戰！這簡直就是戰爭！這項競賽只需要拿下騎師的帽子就算贏囉？

「轉生天使組織陣形！我們只要湊成牌型就能發揮力量！葫蘆隊形！」

「休想得逞————！轉生惡魔對轉生天使全面開戰！」

「轉生轉生，居然用這種方式增加人數！來幾個天使墮落到我們這邊吧————！」

……嗚哇，真的越來越像戰爭了！光球、光之長槍，還有魔力引發的火焰和雷電到處飛來飛去！

「哼！我可不會輸給天使和墮天使！」

有匹馬豪邁地打飛天使和墮天使的馬——騎在上面的是大王家的繼任宗主，塞拉歐格・巴力。那個人的力量……果然厲害……

「該、該、該從哪邊進攻才好！必須在敵人解決我們之前解決敵人才行！」

「請冷靜一點，ＡＣＥ伊莉娜！」

由伊莉娜擔任騎師的馬似乎陷入苦思，正在考慮該如何在這個陷入混戰的操場上進攻。看她的樣子，當馬的天使們也很辛苦吧。

『各位——請不要在這裡繼續那場戰爭——！你們重現當時的場面了！你們已經將那場戰爭重現到極為真實的地步！就叫你們住手——！呀喝——！』

播報員也放聲吶喊，聽起來其實很樂在其中！

「嘿！我拿掉帽子了！」

社長從一名女天使騎師頭上拿下帽子。只有社長她們身邊是和平的騎馬打仗……

「喔喔，一誠！你在這裡啊！」

老師騎的馬靠近。

「有什麼事嗎，老師？你、你想和我戰鬥啊？」

見到我保持警戒，老師搖搖頭叫我聽他說話。

我策馬靠近，聽到老師的我耳語……

——！什、什麼……？這、這倒是個盲點！話說可以這麼做嗎！

老師的建議對我來說有如青天霹靂！

「就是這麼回事，拜託你了，一誠！」

老師把手放在我肩上，將我推出去。

「……一誠同學，老師告訴你什麼？」

充當馬的木場詢問我……但是我假裝沒聽到！只是如此吶喊！

「衝吧木場！相信我！」

「我、我明白了！可是你在流鼻血喔？老師是不是又給了你什麼不正經的建議？」

哼哼哼！這個傢伙的觀察力果然很強！老師剛才的耳語將我的腦中染成慾望的顏色！

「雖然搞不太懂，不過現在就相信一誠吧。」

「我、我也覺得只能相信學長跟著他前進！」

後面的潔諾薇亞和加斯帕也願意跟著我前進！真不愧是我的好夥伴！

我提升魔力，將腦中的妄想力解放到最大極限！然後將雙手向前伸，朝天使、墮天使的馬衝過去！

但是我要對付的只有女性！

「抱歉我要剝光妳們──────！」

我雖然一邊道歉，手上還是一邊接連觸碰女性騎師的身體！然後擺出帥氣的姿勢大喊！同時解放我的魔力！

「──洋服崩壞(dress break)！」

啪啪啪啪啪啪！

我觸碰的多名女性騎師身上的運動服全部爆開，上演裸體嘉年華！

「呀啊──────！」

「討厭──────！」

天使、墮天使的女性騎師的運動服完全粉碎！

噗嘩──！我噴出鼻血！太、太讚了──────！從清純可愛的天使大姊到散發濃烈女人味的墮天使大姊！全都變得光溜溜！胸部、臀部、大腿完全呈現毫無遮蔽的狀態！

「喔喔！」

看見此情此景，男性惡魔和墮天使都歡欣鼓舞，噴出鼻血！另一方面──

「唔喔喔喔！女、女性的裸體……！不行！要是想了那種不正經的事……會墮落！」

「胸部……臀部……大腿……嗚嗚！我要墮天了──────！可是白皙的肌膚真的好耀眼

啊──────！」

男性天使卻因為情色發展苦惱煩悶，白色的羽翼開始黑白閃爍！我懂了，天使多半都很純真，看見這種和慾望有關的東西很有可能會墮天！現在的現象就和受到慾望誘惑的伊莉娜一樣！

天使真是辛苦！光是看見胸部就會陷入墮天的危機！

幸好我是惡魔！無論看到多少胸部都不會有事！胸部太棒了！

阿撒塞勒老師見狀放聲大笑：

「你們那些天使墮落吧墮落吧！哼哈哈哈哈！只是看見女人的裸體就會墮天，可見你們平常有多麼欲求不滿！」

真是太邪惡了！老師是為了這個才煽動我嗎？這、這個最終頭目老師怎麼會如此邪惡！

我……我只是被他利用！錯、錯不在我！應該！

「我們墮天使既不會墮落也不怕光！在三大勢力當中雖然人數最少，但是在這種場面卻比天使和惡魔還要優秀！哼哈哈哈哈！好了，一誠！接下來是那個！」

老師指著一名美女。

——是熾天使(Seraph)加百列小姐！

「你想不想看天界第一美女的裸體啊？」

老師再次煽動我！我——

「當然想看————！」

我化身忠於慾望的野獸，策馬衝向加百列小姐！天界第一美女的裸體————！熾天使(Seraph)的胸部！天使之乳————！

「這樣做肯定不對吧！」

「啊啊，怎麼會這樣！阿門！」

「嗚哇————！」

木場、潔諾薇亞、加斯帕都呈現半放棄的狀態，順從我的指示！

「哎、哎呀？赤龍帝先生朝這邊來了——」

加百列小姐偏著頭，眼神看起來天真無邪！啊啊，我想看那個美女的胸部！我再次準備使出洋服崩壞(dress break)——

叩！

——！一、一記出乎意料的拳頭朝我的臉飛來……拳頭造成的衝擊使得三人搭成的馬散開，我也掉在地上……

「……禁止過度的寡廉鮮恥行為，變態龍學長。」

小貓弄響雙手的手指，一腳踩在倒地的我頭上。

……小、小貓的拳頭，果然很有效……

就是這樣，騎馬打仗在化為戰爭的狀況下結束。

○決戰！大隊接力！

三大勢力聯合運動會終於進入最終決戰。項目是大隊接力。

『三隊都派出千挑萬選的選手在位置待命！好了，經過漫長的競賽過程，運動會終於來到最後一個項目！』

播報員也以最後一次廣播炒熱會場的氣氛。各勢力的得分出乎意料地接近，完全要看最後的大隊接力決定勝負。

我、我是接力的最後一棒，現在已經變身為禁手（balance breaker）的鎧甲狀態待命。

「哼哼哼，我的對手是你啊，一誠。」

「請、請手下留情……」

墮天使方面由老師擔任最後一棒……我怎麼想都只有不好的預感！

「我們一起加油吧──」

天使方面的最後一棒是加百列小姐。剛才在騎馬打仗當中無法對她施展洋服崩壞（dress break），讓我相當後悔。

不過在騎馬打仗之後，社長和小貓狠狠教訓我一頓……

『好了，最終決戰開始！』

砰！

表示接力賽開始的槍聲響起，各勢力的第一棒便在輕快的背景音樂當中衝刺。惡魔方面的第一棒是木場！憑那個傢伙的神速絕對沒問題！我才剛這麼想，就看見墮天使方面的選手朝木場射出光！雖然木場輕巧躲過，但是那也太卑鄙了吧！

「哪有人那樣的！」

我向老師抗議——

「我沒看見——」

他卻給我裝傻！太過分了老師！這個邪門歪道總督！

儘管如此，接力賽還是繼續進行，選手們在操場上奔馳。然後我的上一棒——瑟傑克斯陛下總算接到棒子，跑了出去！

「我可不會輸！」

咻——！

瑟傑克斯陛下以驚人的速度一路衝刺！好快——！魔王陛下也好認真！

「唔喔喔喔！我不能輸！在我的女兒朱乃面前，我不能輸！」

「身為四大熾天使(Seraph)『神之炎』烏列不能輸給魔王！」

身上帶著雷光的巴拉基勒，和渾身上下迸射極大神聖火焰的熾天使(Seraph)烏列先生！他們兩位的狂飆也不輸給瑟傑克斯陛下的速度！居然在這種地方展開最終頭目級的巔峰之戰！

這時瑟傑克斯陛下終於來到我身邊！

「交給你了一誠！」

「是！」

我接過棒子，將背後噴射口的火力開到最大，衝了出去！

「喔啊——！」

我以猛烈的速度衝向終點！但是——！

「喝啊——！該使出我為了這種時候製作的祕密武器了！」

老師也從我背後奮力追上來！手上還握著一把混雜光明與黑暗的劍！

「這就是你們最愛說嘴的閃光與暗黑之龍絕劍(blazer shining or darkness blade)！」

老師揮劍炸飛操場上的景物！各陣營的領袖見狀紛紛大吃一驚！

「什麼！閃光與暗黑之龍絕劍(blazer shining or darkness blade)完成了嗎？」

「唔！那就是閃光與暗黑之龍絕劍(blazer shining or darkness blade)！」

老師拿著閃光與暗黑之龍絕劍(blazer shining or darkness blade)攻擊我！我好不容易才躲過！揮空的斬擊將操場的地面挖

出一個大洞！好驚人的威力！

「喂！你想殺死我嗎！這樣還算是總督、還算是老師嗎！這是運動會吧！」

「這是戰爭————！我不會輸給魔王和天使長！我才是第一名！」

這下糟糕！老師的情緒已經高漲到達極限，思緒也往奇怪的方向飛去！

我和老師在終點前方不遠處對峙，彼此以拳和劍出招，展開戰鬥！

『哎呀————！阿撒塞勒和胸部龍在終點前對決————！』

連播報員也煽動我們！

「這是個好機會！我的學生一誠！就讓我測試一下你的力量吧！」

「你在胡說什麼！小心我揍你喔，最終頭目老師！」

如此說道的我毫不客氣地揍老師！

「你竟然敢打我！臭小子！稍微尊敬一下老人家！」

老師銳利的一腳猛力踢在我的頭上！

「好痛！你沒資格說這種話！」

正當我和老師互毆之時——

「先走一步～～」

加百列趁機經過我們身邊，衝過終點線！

『抵達終點——！在大隊接力當中獲勝的是天使隊——！』

「啊啊——！」

我和老師看見這個情形，雙雙感到驚愕！你看，我就知道！都是老師纏著我，才會被加百列小姐搶先跑到終點！

「老師，都是你害的！」

「不，誰叫你不乖乖被我幹掉！」

我和老師彼此互瞪！這個人肯定是壞蛋！他可是墮天使的總督！

「喂。」

一股神祕的壓力包圍我和老師。我瞄向一旁——發現墮天使把老師團團圍住……所有人全身上下都散發有如殺氣的氣息，以銳利的眼神瞪視老師……我感覺自己好像不應該待在這裡，正準備偷偷離開時，眼前出現社長的身影！

「一誠！你在做什麼……」

社長嘆了口氣，往我的頭輕輕一敲。嗚嗚，真沒面子。居然被老師煽動，犯下這麼窩囊的錯……我強烈覺得自己對不起各位夥伴和瑟傑克斯陛下。

一旁的阿撒塞勒老師正打算躡手躡腳從這裡溜走——

「……阿撒塞勒，我們來談談吧。」

但是副總督歇穆赫撒抓住他，把他拖到墮天使隊那邊。

「是、是我不對，歇穆赫撒！是、是我一時興起玩過頭！哈哈哈，原諒我……好嗎？」

老師如此道歉，但是歇穆赫撒面帶笑容開口：

「不行。」

「呀啊──────！」

墮天使隊中央傳來某位總督的哀號。老師，得到教訓的話就稍微反省一下吧。

社長摸摸我的臉頰：

「回家之後你也要好好反省喔？不過今天的表現還算不錯。」

「是，謝謝社長！」

啊啊，社長！我的表現妳都看在眼裡！

光是這樣就讓我今天的努力有了回報！

就是這樣，大運動會由天使隊得到優勝，就此閉幕。或許是因為將平日的鬱悶都發洩出來，結束時各陣營的選手儘管一臉疲倦，表情當中卻隱約透露滿足。也因為這樣，高層們也已經提到「明年也來辦好了」之類的話題……

運動會是很有趣，但是再搞到像這次一樣殺氣騰騰，我就敬謝不敏！

Extra Life. 繼任繼任宗主大人的煩惱

距離冥界的魔獸軍團騷動不久的某個假日早晨——

早餐之後，我看見來到家裡的訪客，嚇了一跳。

「好久不見了，各位。我是米利凱斯・吉蒙里。」

來者是個揹著背包的紅髮少年！米利凱斯・吉蒙里大人！魔王瑟傑克斯陛下和他的妻子，最強的「皇后(queen)」葛瑞菲雅生的獨子！在吉蒙里家當中也是繼莉雅絲之後的繼任宗主。是貨真價實的王子殿下！

他在門口很有禮貌地打招呼，臉上帶著笑容。

莉雅絲事先告訴過我，說今天會有來自吉蒙里家的訪客……但沒想到會是米利凱斯大人。我原本還以為會是瑟傑克斯陛下還是葛瑞菲雅。

他在客廳向我的父母打過招呼之後，直接前往樓上的貴賓室。

雖然很久沒見到他，但是他的問候、行為舉止，無處不散發高尚的氣質，整個人具體呈現出身尊貴的少爺該有的樣子！身上也穿著童裝尺寸的貴族服飾！

依然是個看起來很聰明的孩子。我小時候只會穿個短袖T恤和短褲，和幾個損友在附近好像笨蛋跑來跑去……老爸老媽也經常回想當時的我，說我是個連學習的學字都沾不上邊的小鬼頭。

「來，這是紅茶。要砂糖嗎？我記得你都加兩顆方糖吧？」

朱乃學姊為米利凱斯大人端茶。

「是的，我要兩顆方糖，朱乃姊姊。」

啊，他沒辦法直接喝紅茶啊。幸好這點還像小孩子，讓我放心了。話說他稱呼朱乃學姊為「朱乃姊姊」啊。朱乃學姊在莉雅絲的眷屬當中是最資深的，和米利凱斯大人接觸的機會也比我們當中的任何人都要多吧。

我們眷屬加上伊莉娜都在貴賓室集合。木場和加斯帕接到聯絡之後也在第一時間趕到。在一群年紀比他大的人包圍之下，米利凱斯大人依然絲毫不緊張。不愧是魔王的兒子。

米利凱斯大人看了莉雅絲一眼，莉雅絲便露出笑容，點了點頭。看見她的反應，米利凱斯大人開口：

「我今天之所以來到莉雅絲姊姊和各位眷屬這裡，是因為想參觀一下。」

「參觀？參觀……什麼？」

覺得奇怪的我如此問道。結果米利凱斯大人向前探出身子，面帶笑容說道：

「是的！我想看看惡魔在人類世界的處世之道！」

在人類世界的處世之道——他想……參觀這個？

莉雅絲站起身來，走到米利凱斯大人背後，把手放在他的肩上開口：

「就是這麼回事。米利凱斯將來也得招收眷屬，找人類簽訂契約。他也非常了解這件事，因此才會想要看看住在人類世界的惡魔是怎麼生活的。對吧，米利凱斯？」

「是的！我很想就近觀察在冥界也相當出名的各位的生活！」

原來是這樣啊。繼任繼任宗主大人打從這麼小就對惡魔的生存之道有興趣……不管幾次我都要說，我小時候根本沒有想過將來的事喔？應該是一年到頭都在想著女生的胸部吧。啊，關於這點現在好像也一樣。

一點都沒變————！我從以前到現在都沒有任何改變！

聽到聰明伶俐的米利凱斯大人的話，再想到其實毫無成長的自己，我只能默默流淚！

「總之就是這樣，所以從今天起他要在這裡和我們一起生活幾天。請大家多多指教。」

「請多指教。」

「請多指教。」

米利凱斯大人向大家打招呼，大家也都爽快回應。我們沒有理由拒絕。他可是莉雅絲的寶貝姪子！更是吉蒙里家最重要的嫡長子！我得趁這個好機會和他好好培養感情！

「朱乃姊姊，從今天開始要請妳多多照顧。」

米利凱斯大人對朱乃學姊鞠躬。

「哎呀哎呀。既然是米利凱斯的請求，當然沒問題囉。」

朱乃學姊也露出笑容回應。從表情看來，她是打從心底疼愛米利凱斯大人吧。

米利凱斯大人也面對愛西亞說道：

「我聽莉雅絲姊姊說過，愛西亞姊姊就像莉雅絲姊姊的妹妹一樣。既然如此，對我來說，莉雅絲姊姊也是我的姊姊！」

聽到米利凱斯大人這番話，愛西亞張開嘴巴發愣，應該是沒想到他會這麼說吧。原本不知道該做何反應的愛西亞……感動到渾身發抖對我說道：

「這……我、我該怎麼呢，一誠先生！聽、聽到魔王陛下的孩子叫我『姊姊』雖然很不敢當，卻讓我非常高興！」

我可以體會。米利凱斯大人叫我「一誠哥哥」時，我也是既惶恐又欣喜。

「老實覺得開心就好了。那麼米利凱斯大人，你覺得潔諾薇亞和伊莉娜怎麼樣？」

我試著讓米利凱斯大人注意到教會三人組的另外兩個人。

「喔喔，這還真是叫人緊張。不知道魔王陛下的兒子是怎麼看我的。」

「身為天使的我也是既期待又緊張！」

潔諾薇亞和伊莉娜難得端正坐姿，等待紅髮少年會說出什麼。

「是的，潔諾薇亞小姐是聖劍士吧。我也看過排名遊戲了。妳以驚人的力量打倒對手的模樣真是帥氣極了！」

聽到米利凱斯大人如此稱讚，潔諾薇亞充滿自信不住點頭：

「呵呵呵，你很懂嘛。」

然而米利凱斯大人的話還沒說完。

「但是既然擁有那麼多聖劍的能力，只要稍微利用劍的特性，應該也能夠以技巧型的戰法應戰吧。例如用透明的聖劍在不被發現的狀態砍向對手。還有在強大的氣焰累積完成之前以擬態的聖劍加以偽裝之類的，同時使用透明和擬態也不錯！即使力量再怎麼強大……總有一天會被對手研究透徹。戰鬥不見得隨時都像對抗巴力之戰那樣，有加斯帕先生掩護。為了避免那樣的情形——」

……米利凱斯大人開始指出缺點了！而且相當切中要害，或許該說都戳在痛處上！身為力量型的「騎士(knight)」已經聽我們其他眷屬批評過這些短處，現在又被年紀比她小的小孩說成這樣，整個人越縮越小！

「呃，嗯……以後……我會多加注意……」

她看起來大受打擊！潔諾薇亞的臉色越來越陰鬱了！

「請多說一點吧。真是太感謝你了。」

木場為了米利凱斯大人的吐嘈歡欣落淚——！最近有關戰鬥方面，木場一直提倡「技巧型的重要性」。潔諾薇亞聽了總是笑著表示「只要多加修煉提升力量，把那些因素全都轟飛就好了。」但是這次看來真的踩到她的痛腳了。

在一旁聽著米利凱斯大人對好友潔諾薇亞的批評，伊莉娜也用力點頭。

「呵呵呵，潔諾薇亞真是的，被米利凱斯說成這樣！接下來可要多加注意喔？那麼你覺得我怎麼樣呢？」

伊莉娜指著自己詢問評價。米利凱斯大人帶著笑容表示：

「是的！妳就是那位『自稱』天使的姊姊吧！我聽過妳的傳聞！」

「才不是自稱！是真的天使！」

伊莉娜一邊流淚一邊糾正！沒錯，最近相關人士經常稱呼伊莉娜為「自稱天使」。該怎麼說，她經常自信滿滿地把「我可是天使呢！」這句話掛在嘴邊，所以對於她身為天使的表現有所疑問的人會叫她「自稱天使」也是無可奈何的事……

聽說轉生天使以團隊行動時，會比單獨行動更能發揮原本的特性。天界仿照惡魔棋子（evil piece）創造的「神聖使者（brave saint）」系統，是由熾天使（Seraph）的成員以及上級天使使用各自擁有的十二張撲克牌（花色部分由上級天使隨各自喜好挑選。固定花色有米迦勒先生的黑桃、加百列小姐的紅心、拉斐爾先生的梅花、烏列先生的方塊）——使用撲克牌讓目標轉生。轉生者多半是以人類為主。天界方面不是像惡魔這樣不分種族，只要是強者都行，主要是以優秀的信徒為中心進行轉生。

「神聖使者（brave saint）」系統也和「惡魔棋子（evil piece）」的棋子特性一樣，具有獨特的能力。那種特性是仿照撲克牌遊戲，比方說像21點——

集合以利用撲克牌轉生的天使，將數字湊成21。例如由4、6、10點牌的天使各一，再加上身為A（ACE）（1）的伊莉娜組成隊伍一起行動，就能發揮驚人的力量。

除此之外也採取梭哈的系統。對應A（ACE）到Q（QUEEN）的轉生天使加上身為K（KING）的上級天使（或是熾天使（Seraph））五個全部到齊構成牌型時，可以產生強大的力量。而且這招不限同樣眷屬的天使，也可以和其他眷屬組隊（當然還是同樣眷屬的效果比較強大）算是一大創舉。

據說集齊同花大順能夠發揮的力量，強大到令人難以置信。和惡魔的轉生系統相似卻又不同，正是這個系統最有意思的地方。

然後身為王牌的鬼牌（JOKER）並非任何人的眷屬，而是當作整個天界的鬼牌。和撲克牌一樣，鬼牌是具備多種功用的強力牌。

老師也說過，如果惡魔和天使可以進行不同種族的排名遊戲，一定會熱鬧非凡。我也無法想像會變成怎麼樣的比賽。

總之因為如此，只有自己一個人，沒有湊成牌型的伊莉娜被人說是自稱天使或許也沒辦法抱怨什麼吧。不、不過伊莉娜也變得越來越強，即使只有一個人也有相當的戰力。

「我好像還沒正式向你打過招呼。幸會，我是『城堡』羅絲薇瑟。」

羅絲薇瑟鄭重地問候米利凱斯大人。啊，對了，羅絲薇瑟是最後一個成為眷屬的人，和米利凱斯大人幾乎不認識。或是碰巧出現在同樣的場合見過面，但是面對面打招呼的機會這還是第一次。

「是的，妳是羅絲薇瑟小姐吧？我聽母親大人提過妳。母親大人說羅絲薇瑟小姐是一名懂得自我管理的成功女性！我也希望自己可以學習羅絲薇瑟小姐的優點！」

聽到這番話，羅絲薇瑟得意地撥弄頭髮：

「呵呵呵，葛瑞菲雅大人對我的評價那麼高啊。這真是讓我倍感榮幸。果然眼睛雪亮的人就是看得出來。好！米利凱斯，就由我來教導你如何自我管理吧！總之等一下我們先去百元商店再說！到了那裡我再慢慢告訴你日本有多麼美好！」

住手！不要用百元商店傳達日本的優點！不，百元商店是很好很方便沒錯，但是請不要用來當成說明日本之美的起點！會導致誤會！

話說我之前就聽過葛瑞菲雅對羅絲薇瑟的評價，但是葛瑞菲雅應該不知道羅絲薇瑟是令人失望的百元商店女武神！要是她讓純真的米利凱斯大人學到什麼奇怪的知識，會造成不良影響！他是魔王之子耶？要是把羅絲薇瑟窮酸的部分全都學起來，會造成大問題吧！

我在心中不停吐嘈，最後嘆了口氣，再次向莉雅絲確認：

「米利凱斯大人要住在我們家，參觀我們在日本的生活……是這樣沒錯吧？」

莉雅絲點頭回應：

「是的，雖然可能會麻煩到一誠和爸爸媽媽，還是請多多關照。」

「這應該不成問題。老爸老媽剛才在樓下都很歡迎米利凱斯大人。」

沒錯，老爸老媽一見到米利凱斯大人——

「哎呀，好可愛！是莉雅絲的姪子啊！」

「是瑟傑克斯的小孩啊——和一誠小時候完全不一樣。果然是環境和教育的差別吧……看著他就讓人反省自己的教育方式有多麼隨便，對吧老婆？」

「真的，一點也沒錯。都怪我們的教育方式太差勁，我們家的孩子才會……才會變成這種……這種性慾的化身……！」

他們拿米利凱斯大人和年幼時的我比較，似乎想到許多令他們後悔的事。老媽甚至還掩嘴啜泣。

他們就在自己的親生兒子面前這麼做喔？太沒禮貌了吧！不過我心裡也冒出多少想向雙親道歉的想法，大概是因為我對此很有自覺吧……

然後他們看著米利凱斯大人的外表……

「……生了孫子的話，應該會長這樣吧？」

「嗯，紅髮加上吉蒙里家端正的五官……如果莉雅絲的基因比較強勢就好了……」

好像透過父母的觀點在觀察什麼……真的是很想拜託他們別說那麼多有的沒的。

我嘆了口氣，這時莉雅絲望著大家再次拜託：

「總而言之，請大家多多照顧米利凱斯。大家只要過著和平常一樣的生活就可以了。雖然他是繼我之後的下一任宗主，這次請大家忘掉這件事，開心過自己的生活。」

「是！」

我們都大聲回應莉雅絲的請求。

就是這樣，米利凱斯大人的寄宿參觀會開始了。

—○●○—

「好——那麼接下來是一千球守備練習——」

深夜的高灘地。潔諾薇亞在棒球場上揮舞球棒。

「是的，教練！」

一名身穿棒球制服、帶著棒球帽的青年開心接著潔諾薇亞打出去的球。他是潔諾薇亞在工作方面的常客。

我和米利凱斯大人來參觀潔諾薇亞的工作狀況。因為米利凱斯大人說想參觀我們的工作情形，正好潔諾薇亞接到工作，我們就跟過來了。

我是米利凱斯大人的護衛。雖然好像沒什麼必要，不過只有潔諾薇亞和米利凱斯大人兩個人總是有些不太方便，所以我姑且還是跟來了。反正我的工作也告一個段落，對潔諾薇亞最近的工作狀況也有點興趣。

潔諾薇亞多半都是承接這種活動身體的工作。從協助施工，到各種運動的協助練習。這次是後者的棒球練習。

「請加油——！」

我和米利凱斯大人身旁是身穿啦啦隊服的愛西亞，她正在幫潔諾薇亞的委託人加油。那名委託人先生除了要求練習棒球的對象，同時還要求「為我加油的啦啦隊」所以我們找來正好有空的愛西亞幫忙。

愛西亞的啦啦隊服打扮可愛極了！儘管口中呼出白煙，仍然雙手拿著彩球賣力揮舞。時值冬季，深夜也相當寒冷，愛西亞還是這麼努力！

愛西亞平常的工作多半是陪委託人玩撲克牌、COSPLAY攝影會等等。小貓也差不多。

朱乃學姊的客人大部分是公司老闆、貴婦，替他們解決日常的煩惱、陪他們喝茶等等，幫助眾多商界高層排解壓力。

召喚木場的多半是大姊姊——也就是出社會的女性，工作內容一樣是解決日常的煩惱，偶爾還會大展廚藝作菜給委託人吃。但是不接受色色的委託內容，真是太可惜了！

加斯帕則是透過電腦接客。那個傢伙以他的工作方式，達成我們當中最優秀的績效。「不善與人來往，但是有事情想拜託惡魔」的客人非常喜歡他。

召喚羅絲薇瑟的很多都是主婦。主要都是解決有關節約的煩惱和陪委託人聊天。最近好像還開始傳授特賣會的必勝法則。明明還這麼年輕……

我們的主人莉雅絲的工作倒是意外有限，幾乎不會有人召喚她。不過這也是因為莉雅絲的契約內容都是上級惡魔才能承接的大案子。像是幫受到詛咒的稀世珍寶解咒，或是打倒盯上委託人的魔物等。

至於我的工作……都是被怪人召喚，涉入一些怪事。該怎麼說，我引來的怪人已經多到連自己都覺得這是宿命而死心。會吸引強者已經夠慘了，現在連怪人、變態也會接近我！

也因為這樣，我無法讓米利凱斯大人參觀自己的工作狀況。我總不能讓他見到那些怪人和變態吧！他可是瑟傑克斯陛下的孩子！要是介紹小咪露給魔王之子認識，在冥界不知道會出現什麼流言！

「好——！接下來是一萬球守備練習——！」

「是的——教練——！」

振作氣勢的潔諾薇亞有點得意忘形，對契約對象提出無理的要求，雖然委託人快要累癱了，臉上還是帶著笑容，所以大概沒問題吧？別、別讓他太辛苦喔？要是讓委託人因此累倒，可是個大問題……

「真好……我也希望自己的眷屬可以像這樣，工作得這麼愉快。」

米利凱斯大人看著潔諾薇亞的工作模樣，不禁如此說道。因為潔諾薇亞在工作時露出的笑容是那麼燦爛。

「米利凱斯大人有沒有什麼將來一定要收為眷屬的口袋名單？」

米利凱斯大人以搖頭回答我的問題。

「沒有，接下來才要找。不過倒是有理想的目標。」

說得也是。就算再怎麼聰明、多麼為了將來在打算，也還沒有決定眷屬的細節吧。

「我想應該會參考莉雅絲的眷屬之類的吧？」

他對我們的生活那麼有興趣，甚至來到日本，我本來以為一定是這麼回事。然而米利凱斯大人偏了一下頭。這樣算是不置可否吧。

「莉雅絲姊姊的眷屬們都很了不起。一誠哥哥也很帥、很讓我尊敬。」

……他說尊敬我！真是叫人高興！

「不過我想目標應該還是父親大人的眷屬吧。」

——

……原來如此，瑟傑克斯陛下的——他的父親的眷屬啊。號稱冥界最強的瑟傑克斯．路西法眷屬。我也曾經在魔獸騷動時從遠方看過他們，從他們身上的凌厲氣焰和散發的氣息，一眼就能看得出來是群強者。

不像我們這種空有氣勢、弱點更多的隊伍，他們的完整度遠在我們之上。據說他們只會在冥界的危機等政治上的理由而集合。儘管如此，我還是很想見他們一面。我只見過葛瑞菲雅和身為「士兵（pawn）」的麒麟——炎駒。

——正當我和米利凱斯大人聊得起勁時，視野當中出現一名身穿黑色歌德蘿莉服飾的少女。那是奧菲斯。

沒錯，這傢伙也說她很閒，所以就跟著我們過來參觀潔諾薇亞的工作。

奧菲斯自從住進兵藤家後就一直跟著我和其他人跑來跑去，模仿我們的所作所為。

我在打電動時，她會說想要一起玩。愛西亞在庭院幫花圃澆水時，她也會去幫忙。莉雅絲站在廚房時，奧菲斯也會在一旁盯著她的料理過程。總之她對我們做的事都很有興趣。

奧菲斯在球場的一角和愛西亞的使魔——雷誠，拿多出來的棒球在玩傳接球。奧菲斯丟球出去，雷誠就會用嘴靈巧接住再還給奧菲斯。大概是彼此都是龍所以意氣相投吧，他們經常一起玩耍。

「我，鍛鍊雷誠。」

「嘎——」

小龍叫了一聲回應奧菲斯……不過她說要鍛鍊雷誠？前無限龍神（Uroboros Dragon）親自鍛鍊牠？喂喂喂，這個師徒關係也太誇張了吧！有奧菲斯當師父的話，那隻小龍未來應該會變成很不得了的蒼雷龍（sprite dragon）吧！

我想奧菲斯是在開玩笑，不過也讓我產生錯覺，覺得愛西亞的使魔將來會變成龍王。

「雷誠說不定會成長為非常厲害的龍。可以和奧菲斯那種對象一起玩很了不起吧？」

我對在一旁為潔諾薇亞的委託人加油的愛西亞如此說道。

「如果奧菲斯小姐願意教導雷誠，牠一定會長成一隻了不起的龍！」

愛西亞真是太單純了！既然愛西亞都這麼說，我想一定不會錯吧！

「愛西亞應該和龍很有緣吧。像是雷誠也是，第一個和奧菲斯建立友誼的人也是妳。」

愛西亞聞言紅著臉，顯得忸忸怩怩。

「……說、說不定真的是這樣。遇見身為赤龍帝的一誠先生，感情變得這麼好也是個例子……如果真的有這種緣分，我一定要好好感謝主。」

愛西亞這番話還真是讓人不好意思！

「我、我也覺得可以遇見愛西亞真是太好了！我們未來也要一直在一起喔！」

「是！無論是一千年還是一萬年，我都會在你身邊！」

「好！那我們從現在就開始擬定以千年為單位的共同生活計畫吧！」

「我很喜歡日本，可是也想試著住在冥界！」

「ＯＫＯＫ！等我獨立以後，妳想去哪裡我都帶妳去！」

我們兩個越講越開心，最後甚至抱在一起！然後就這樣抱著她轉圈，像是跳舞一般玩了起來！誰叫愛西亞這麼可愛！

就在我和愛西亞和樂融融時，米利凱斯大人對奧菲斯投以疑惑的眼神。

「那個黑衣服的女生是哪位呢？」

米利凱斯大人問了這個問題！他在我家時也是一直疑惑地看著奧菲斯。可是又不能說出奧菲斯住在我家！

「呃——好像是坦尼大叔的親戚吧。用法術變成人型，學習人類世界的生活。」

為了矇混過去，我臨時想出這種設定。雖然對坦尼大叔不太好意思，但是現在請讓我利用一下吧！

「原來是這樣啊。和我一樣耶！」

米利凱斯大人相信了！他純真的眼神和笑容讓我感到罪惡感，不過這也是為了各世界的情勢！請原諒我的謊言吧！

米利凱斯大人突然拉拉我的袖子：

「一誠哥哥，請你直接稱呼我為米利凱斯。」

「——要我這樣叫，實在是不敢當……」

對於米利凱斯大人的好意，我感到有點困惑。光是聽他稱呼我一誠哥哥就已經是種榮幸了，現在還要我別稱呼他「大人」……其實有一部分也是因為我第一次見面時，就稱呼他為「大人」了，之後也是比照辦理。

「可以直接稱呼莉雅絲姊姊之名的人卻稱呼我『大人』，讓我覺得有點疏遠……」

如此說道的米利凱斯大人稍微低下頭。

……這樣啊，因為我直接叫他最喜歡的姑姑的名字，所以希望我也叫他「米利凱斯」吧。我喜歡莉雅絲，而且也表達過自己的心意。她也接受我的心意。我們對彼此都有好感。我們是戀人……要這樣說其實還是有點不好意思，而且實際上是否成立也很模糊。

可是我們的心意是一樣的。對我而言，莉雅絲是最重要的女人。她也一樣重視我。

這個少年也知道我們這樣的關係。所以他才會希望我可以像稱呼莉雅絲一樣，直呼他的名字吧。

這麼說來，莉雅絲曾經說過。

「有很多人對米利凱斯有所期待。因為他的出生實在太過特異。」

沒錯，米利凱斯大人是最強的魔王瑟傑克斯．路西法與最強的「皇后(queen)」葛瑞菲雅生下的嫡長子——

他與生俱來的才能也相當不同凡響，許多大人們已經視他為有力的未來魔王接班人，打算攏絡他。

在支持瑟傑克斯陛下的政治家當中，甚至出現所謂的「米利凱斯派」，許多惡魔都相當關注他的未來。

他從這個時期就已經以自己的方式思考自己的未來，卻有政治力準備介入——

莉雅絲在以自己的出身自豪之餘，也無法完全割捨自己的夢想。她的夢想是和自己真正喜歡的男人在一起——但是卻有個未婚夫。這讓她苦惱不已。

然而大人們現在還打算讓他背負更加沉重的東西——

……總有一天，他再怎麼不願意也會理解自己的立場。他將引以為傲卻又一路掙扎，跌跌撞撞地前進。

這就是上級惡魔——擁有強大雙親之子的命運吧。

「我知道了，米利凱——」

我說到這裡便閉嘴了。

……因為我感覺到一股寒意。有人在看我。我有這種感覺。而且意識十分強烈地指向我這邊……

我環顧周圍，不見任何人影。

「…………？」

潔諾薇亞似乎也感覺到某種不明的氣息，和我一樣看向四周。奧菲斯也在東張西望。愛西亞、米利凱斯大人、潔諾薇亞的委託人好像都沒察覺，但是至少我們三個都有感覺。

……有人從遠方看著我們。就是這種感覺。

「潔諾薇亞──！愛西亞！我去便利商店買運動飲料來了──！」

一面如此大喊，伊莉娜一面提著購物袋跑過來。伊莉娜偶爾也會像現在的我和米利凱斯大人一樣，在不會妨礙到愛西亞和潔諾薇亞的狀況下參觀她們工作。當然了，身為天使的她如果直接協助惡魔是背信行為，所以她只能參觀。不過有時候也會像現在一樣送東西過來……這樣好像勉強不會有事。身為惡魔的我不太清楚這方面的界線。

「喔，自稱天使大人請我們喝飲料耶。」

「才不是自稱天使！是真的！」

潔諾薇亞的話讓伊莉娜嘟起嘴巴。哈哈哈，潔諾薇亞和伊莉娜湊在一起，總是能讓氣氛緩和許多。若是再加上愛西亞，氣氛就會變得更加溫馨。

儘管感覺到神祕的氣息，米利凱斯大人這天的參觀依然順利結束。

○●○

隔天，我們在位於兵藤家地下的健身房齊聚一堂。

我裝備赤龍帝的鎧甲（boosted gear scale mail），木場手上也握著劍。加斯帕也跟著我們上場，在後方擺出架式。

我們吉蒙里眷屬男生的對手——是米利凱斯大人！

換上運動服的米利凱斯大人雖然還小，卻露出勇敢的表情與我們對峙。沒錯，這天為了和米利凱斯大人更進一步交流，我們的計畫是——模擬戰鬥。之所以能夠實現，都是因為莉雅絲的提議——

「米利凱斯，你要不要趁這個機會和我手下的男生們交手一下？」

她是這麼說的。米利凱斯大人聞言也回答「要！拜託各位了！」顯得興高采烈。聽說米利凱斯大人對於我們吉蒙里眷屬男生的「毅力」有著非比尋常的興趣，對於塞拉歐格那種「積極修煉的上級惡魔」的態度也頗有好感。

莉雅絲則是和神祕學研究社的女性社員加上奧菲斯，在健身房角落看著我們的戰鬥。

木場手拿魔劍，而且像模型刀一樣沒有開鋒。要是拿出鋒利的武器，甚至是聖劍、聖魔劍對付米利凱斯大人，再怎麼說都太危險了。

我則是穿上鎧甲。我原本只打算用手甲對付他，但是莉雅絲表示「穿上鎧甲比較好。」所以才會變身……大概是想讓米利凱斯大人對付傳說中的天龍赤龍帝，會比較開心吧？

加斯帕一臉緊張，但是至少沒有發抖，在我們後方待命，準備隨時支援。

「我、我會加油的～～！」

很好，加油喔，阿加！對手是小朋友，可不能讓他看到你懦弱的一面喔？

「那麼，模擬戰鬥開始！」

朱乃學姊一聲令下，模擬戰鬥就此開始！

我和木場都沒有動，等待米利凱斯大人出招。我們不可能使出全力。論實力的話我們遠在他之上。雖然稱不上是應酬，不過稍微放水配合米利凱斯大人，打到他滿意為止就行了吧。

正當我想著這些時，米利凱斯大人有所動作。

「我要出招了！請多指教！」

他突然衝了出來！

我看見米利凱斯大人的衝刺，不禁咋舌。

——好快！

他以完全不像小孩的速度向前衝！手上冒出鮮紅色的氣焰，在做了幾個假動作之後解放魔力！

少年手上發出和姑姑以及父親一樣的毀滅魔力！

……竟有此事。他的魔力——比我想像的還要強大！我躲過射向我的毀滅魔力。毀滅之力朝後方飛去，眼見就要落在木場身上。

木場沒有特別閃躲，而是以魔劍擋住——

啪啉！

隨著獨特的削切聲響起，木場的魔劍——消失了！

「——！」

木場對於這樣的結果也感到驚訝！我也是打從心底吃驚！剛才的氣焰相當不錯！雖然木場用來進行模擬戰鬥的魔劍應該沒有特別提升強度……儘管如此，能夠消滅他的魔劍依然相當驚人！

「喂，剛才那招很不錯啊。」

「是、是啊！我也嚇了一跳！」

「……和莉雅絲姊姊的魔力一模一樣！」

潔諾薇亞、伊莉娜、愛西亞都因為少年的魔力驚訝不已。

「氣焰的流動相當順暢，超出這個年紀應有的表現。」

「……居然能夠讓祐斗學長的劍消失無蹤。」

「……雖然聽過傳聞，然而實際看見，讓人強烈感受到他真的是那位瑟傑克斯陛下和葛瑞菲雅大人的兒子呢。」

羅絲薇瑟和小貓和蕾維兒的表情都為之一變。

對於眼前的光景，除了莉雅絲和朱乃學姊以外的神祕學研究社女性社員都嚇了一跳。

「嘿！」

趁著我們還在驚訝，米利凱斯大人瞬間拉近距離，發出魔力！這次他發射的——是散彈式的消滅魔力！無數的毀滅魔力彈攻向我們男生隊！

消滅魔力光是抵擋就會遭到消除！那種攻擊具備超乎常識的特性，很難直接防禦。莉雅絲的魔力只要命中，威力也是相當驚人，然而她都遇到不會乖乖中招的對手……

最好的應對方式就是避免直接承受毀滅的攻擊，靠著自己的攻擊加以抵銷！我調整威力，向前發射散彈型的神龍彈。

就在攻擊正要互相碰撞抵銷時——米利凱斯大人發出的無數毀滅魔力彈改變軌道！

——簡直就像瑟傑克斯陛下的魔力！

將強大的消滅魔力壓縮為球狀加以操控，瑟傑克斯陛下的巧妙招式。米利凱斯大人的魔力操作讓人聯想到那招！

紅髮少年的魔力穿過我的攻擊襲來！我只靠體術閃躲攻勢，還是有一發擦過我的鎧甲。

啪咻！

隨著這個聲音響起，鎧甲的肩膀部分被削掉一小塊！如果沒有鎧甲，消失的就是我的肩膀了！

我終於理解莉雅絲為什麼會叫我穿上鎧甲。因為如果只憑自己的身體，有可能對付不了米利凱斯大人。

——超乎常規的少年。

果然是瑟傑克斯陛下與葛瑞菲雅之子，才這個年紀就有這等實力。現在固然是我們占有壓倒性的優勢，但是等他長到和我們一樣大，不知道會變得多強？

我完全無法預料。我在他身上感覺到的才能。就是如此深不可測。

……繼瓦利之後，我還是第一次因為別人的才能而發抖……也難怪政治界會出現支持米利凱斯大人的派系了。

我看向莉雅絲，她也露出笑容點頭。

看來她也知道我在想什麼。真是的，太小看他是我不對。對方是個強到離譜的小孩！

不過這也讓我清醒。知道對手是個非比尋常的小孩之後，我會把這點放在心上，繼續進行模擬戰鬥！

「我會好好教導你什麼是吉蒙里男生的毅力！」

我伸出拳頭如此宣告，米利凱斯大人滿面笑容地說道：

「是！請多指教！」

好了，面對這個少年，我該如何應對呢？

和他進行模擬戰鬥，莫名地越來越讓我興奮。這個稱呼我為「哥哥」的少年會盡最大的努力攻擊我。

——和弟弟競爭大概就是這種感覺吧？

我沒有兄弟，不曾實際體會那種感覺，但是我總覺得在和米利凱斯大人的相處之中，感受到這種緊張感。

「呼——呼——呼……」

米利凱斯大人坐在地上喘氣，看起來疲憊不堪。

模擬戰鬥持續了大約三十分鐘。儘管我們男生三人組有放水，但是能夠與我們對練三十分鐘，只能說他不愧是魔王之子。

在這段時間裡，米利凱斯大人盡其所能對我們使出攻擊，直到魔力耗盡。我和木場絆倒他好幾次也沒哭，站起來繼續攻擊。他的表現只能用出色兩個字來形容。如果我在米利凱斯大人那個年紀和三個大哥哥比賽，情勢一面倒的話，肯定不是哭著放棄，就是耍脾氣吧。這樣一想，他可以說是相當有毅力。

我在架開他的攻擊的同時，也給了他不少建議，他立刻就能依照那些建議調整架式，看得出來很有天分……將來應該會有驚人的成長吧。

莉雅絲把毛巾遞給坐在地上的米利凱斯大人：

「面對一誠他們還沒有放棄，你做得很好。」

莉雅絲也誇獎他。說得沒錯。我們對付他時，還以為搞不好會弄哭他。因為要是放水得太明顯，反而對他不好意思。小孩子對於這種事很敏感的。

我也解除鎧甲，從莉雅絲手上接過毛巾之後，說聲「我去洗個臉。」暫時離開健身房。

我來到地下的大浴場，在洗臉台洗臉。

——太開心了。

和可愛的弟弟一起玩，大概就是這種感覺吧。他衝進我懷裡的模樣看起來很勇敢，更是堅強得令人心動，令我冒出某種類似父愛的感覺。

弟弟……也很像兒子吧？我還是高中生，對於生養小孩還沒有什麼頭緒，也無法想像。

但是最近和（外表看起來像小孩的）奧菲斯和米利凱斯大人相處，內心的確有股衝動。

「……和小孩子一起生活也不錯呢。」

正當我如此自言自語時——

「呵呵呵，就是說啊。」

朱乃學姊不知不覺站在我的背後！朱乃學姊是不是越來越擅長以不讓人察覺到氣息的方式行動了！

朱乃學姊一邊遞給我寶特瓶運動飲料一邊開口：

「我最近一直在想。」

「想什麼？」

「我在想男生和女生哪邊比較好。看著奧菲斯和米利凱斯，我的想法更加強烈。」

「這樣啊。米利凱斯大人是個乖孩子，奧菲斯則是很像可愛的小動物，陪她玩再久都不會膩。」

這是我最誠實的感想。他們兩個的存在是很好的刺激。

奧菲斯不存在性別這種概念。聽說她以前是個老頭子，更之前的外貌好像又不一樣。因為她會定期改變外型。但是現在的她是女生。我們也都把奧菲斯當成女生對待。

「一誠將來結婚之後想生男生還是女生啊？」

「好難抉擇啊……一男一女的雙胞胎可以滿足所有願望，但是在帶小孩的時候又會加倍辛苦。」

還是先生男生，再生女生比較理想吧。正當我如此心想時，朱乃學姊突然摸著自己的肚子微笑說道：

「如果是你的小孩，要我生幾個都可以喔。」

…………

……這、這句話實在太刺激了，我的鼻血自然流出，舉起瓶子正在喝的運動飲料也從嘴裡流出來。

「咳！」

突如其來的告白讓我被飲料嗆到，連想要回應都說不出口！我怎麼這麼沒出息！

「哎呀哎呀，不好。」

還讓朱乃學姊幫我拍背！嗚嗚，太丟臉了！話說我的臉現在又熱又紅，可不只是因為一直咳嗽很難過！

就在這個時候，感覺到背後傳來龐大的野性氣焰！

轉過頭去，看見身高超過兩公尺的大漢站在大浴場的入口。一頭倒豎的橘色頭髮和厚重的大衣是最大特色。

那是誰啊！為什麼會在兵藤家？

高大的男子看著我和朱乃學姊，揚起嘴角：

「喔——喔——赤龍帝在浴室一直咳嗽呢。這是什麼狀況？」

不，我才想問你是哪位！

「次代，擅自闖進浴室很失禮喔？」

我一直咳嗽，想吐嘈也說不出口，這時視野當中除了那個大漢，又冒出兩個不認識的人。一個男子身穿裝飾講究的紅色長袍，另一個男子則是身穿日式外衣，長相看起來是日本人。

剛才責備大漢的是身穿日式外衣的男子。

話說我見過這個人！雖然只是在之前的魔獸騷動看過一眼……

朱乃學姊對於三名男子的出現顯得有些疑惑。她的表情看起來不像是因為突然出現陌生人而驚訝——比較像是因為認識的人不知為何會出現在這裡而不解。

朱乃學姊輕聲說道：

「……他們是路西法眷屬。」

沒錯，一群非常不得了的角色突然造訪！

我和朱乃學姊帶著現身浴室的三人回到健身房。所有人當中最驚訝的是莉雅絲，她忍不住驚叫出聲：

「總司！你們怎麼都來了！」

名為總司的日式外衣男子露出柔和的笑容：

「公主，好久不見了。是啊，我們是來擔任米利凱斯少爺的護衛。」

名為總司的男子接著看向木場：

「看你很有精神真是太好了，祐斗。」

木場向他行禮，立正站好：

「夏天以來不見了，師父。」

沒錯，這名身穿日式外衣的男子是瑟傑克斯陛下的眷屬，「騎士(Knight)」沖田總司！是貨真價實的新撰組一番隊隊長！歷、歷史人物！就連無知的我也知道新撰組！瑟傑克斯陛下的眷屬當中居然有這麼知名的名人！而且他還是木場的劍術師父！該怎麼說……只能說太厲害了！他像日本武士一樣把頭髮綁在後面……好吧，他的確是武士！外表看起來不到三十歲。但是實際年齡已經超過百歲了吧……

在魔獸騷動之後，我向木場問過他的事，然後他就把師父的事一五一十告訴我。細節真是充滿驚奇啊。

知名的上級惡魔，似乎有部分是找歷史人物當眷屬。轉生者都是發明西洋棋後的歷史人物。也就是說，人類世界的歷史出現西洋棋，惡魔棋子(evil piece)也就此誕生，從那個時間點之後的偉人吧。

……究竟還有那些名人變成惡魔呢？我無從想像。

「哈哈哈哈哈！好久不見了，公主。」

如此豪邁大笑的是彪形大漢。他身上的野性氣焰感覺更甚塞拉歐格。體格也比塞拉歐格大上一圈……手也大到不行！差不多可以單手抓住我的頭。

「你對公主太沒禮貌了。莉雅絲公主，在下向您請安。您又變得更美了。」

那個身穿紅色長袍的男子唸了一下大漢才優雅行禮。他的身材纖瘦，但是眼光銳利。和大漢身上驃悍的野性氣焰相反，身上散發出來的是深不可測的平靜詭異氣焰。

……只能確定兩位都是實力強到我的水準無法估計。

「次代、麥格雷戈也來了……是什麼風把這麼多位兄長大人的眷屬吹來的？你們除了發生什麼大事之外，應該不會聚在一起才對……就算是擔任當米利凱斯的護衛，這個陣仗也大得太誇張了。」

莉雅絲說得沒錯。為什麼他們會到我家集合？如果像魔獸騷動時一樣，在冥界瀕臨危機時集合我可以理解，為什麼最強的路西法眷屬會造訪這個和平的家！

大漢舉起手上的酒瓶一口氣喝光。酒瓶在他手裡看起來就像微縮模型。

喝完酒的大漢以呼氣的動作噴火！他的吹氣帶有火焰！

「沒什麼，只是在之前的魔獸騷動結束後，大家說好『眷屬偶爾也要聚會一起外出』，所以就來保護少爺順便見公主一面——不過炎駒那傢伙和巴哈姆特好像有別的事要忙，沒抓到他們。」

就因為那種理由集合在此？只為了來見莉雅絲一面，還有保護米利凱斯大人就造訪兵藤家嗎！嗯——我無法理解最強眷屬集合的理由！在我家集合算是政治上的理由嗎？

「不過這真是太厲害了。上次看見你們三個到齊，已經是我小時候的事了。」

莉雅絲如此說道！真的假的。那麼我們算是得到相當少有的經驗囉！

「我也是第一次看見各位齊聚一堂，嚇了一跳。」

朱乃學姊也是第一次？嗚哇——今天真是相當不得了的一天……

我們都被嚇傻了，只能愣在一旁。除了莉雅絲和朱乃學姊，其他神祕學研究社的成員們都不知道該如何是好。

「各位，我來正式為你們介紹一下。」

莉雅絲大概是發現我們的狀況吧，於是開始介紹他們。她先從身穿日式外衣的男子——

沖田先生開始介紹。
「這位是兄長唯一的『騎士(knight)』沖田總司。他也是祐斗的劍術師父。大家應該都知道新撰組吧？」
聽到莉雅絲的介紹，伊莉娜十分驚訝：
「知、知道！他果然……是那位歷史人物嗎？」
聽到伊莉娜驚訝開口，沖田先生露出微笑：
「是啊，沒錯。當時我因病離開戰線，為了逃離病死的命運，進行各種魔道儀式。也不知道是巧合還是奇蹟，我召喚出那位大人——瑟傑克斯陛下。當時的陛下化身為黑貓。」
原來在歷史沒有記載的地方，發生過這種事……沖田先生和黑貓的故事相當有名。原來真相是這樣啊，瑟傑克斯陛下！
「由於反覆進行多次魔道儀式，總司的身體變成魔物的巢穴。」
身穿長袍的男子如此補充。
這時沖田先生的背後——出現一隻臉如猿猴、手腳如虎、尾巴如蛇的大型魔物！那是合成獸嗎！
沖田先生摸摸魔物的頭說道：
「這是名叫鵺的妖怪……簡單來說就是日本版的合成獸吧。就像這樣，我的身體裡棲息著許多妖怪……一個人就能重現百鬼夜行。」

沖田先生身上住有一大堆那種妖怪！一人百鬼夜行是怎麼回事，也太誇張了！

「因此才需要兩顆『騎士』棋子吧。對付超獸鬼身上製造的小型反制怪獸，正是總司的那些妖怪。」

長袍男更進一步說明。

……這個一人百鬼夜行狀態讓瑟傑克斯陛下花費兩顆「騎士」棋子。話說回來，他一個人就可以發揮幾十個人的效果吧。能夠一個人對付超獸鬼身上製造的怪獸，就已經十分反常了！

而且他還是個不知道該怎麼形容的劍術高手吧？木場的師父等級果然不同！

「我從師傅身上學到的不是流派，最重要的是用劍的方式和戰鬥的心態，所以不全然算是天然理心流。」

木場如此說道。的確，木場的使劍方式和日本武士不一樣。

「接下來介紹兄長大人的『主教』。」

莉雅絲如此說道。

介紹過沖田先生之後，剛才為我們做了許多說明的長袍男正式向我們行禮。他的舉止總是那麼優雅高尚。

外表的年齡看起來和沖田先生一樣不到三十。細長的眼尾和嘴邊的微微笑意更增添了幾分妖豔的氣息。一頭微卷的長髮交雜金色和黑色，

「麥格雷戈的本名是麥格雷戈．梅瑟斯。他擅長使用近代西洋魔術，也是著名的『黃金黎明協會』(Golden Dawn)的創辦人之一。最有名的事蹟應該是編輯、翻譯七十二柱的書籍吧。」

……「黃金黎明協會」(Golden Dawn)？我聽見這個陌生的詞彙只是歪頭不解，但是潔諾薇亞、愛西亞、伊莉娜她們卻大吃一驚。

「那不就是魔術方面的偉人嗎！」

「太、太厲害了！我在教會聽過這個名字！」

「嗯嗯，對於使用魔法的人來說，這個名字應該非常熟悉吧！」

她們三個比介紹沖田先生時還要驚訝。

看見我的反應，長袍男——麥格雷戈先生笑道：

「呵呵，公主，看來少爺不認識我。不過這也無妨。少爺只要知道我是個很厲害的魔法師就可以了。」

是、是這樣嗎……？光是很厲害的魔法師應該不足以形容吧？

「讓瑟傑克斯陛下用了兩顆『主教』(bishop)棋子就證明你不是普通的魔法師囉。」

我也這麼覺得，朱乃學姊！既然能以魔法和那隻超獸鬼(jabberwock)對戰，肯定超出一般等級！

「真想和你好好聊聊有關魔法的事。」

羅絲薇瑟似乎對麥格雷戈先生相當感興趣。她也擅長魔法，應該有很多事想請教麥格雷戈先生吧。

最後介紹的──是那個大漢。

他一面豪邁大笑，一面大大方方向前站出一步，然後以拇指指著自己大聲說道：

「好了，輪到我了吧！我是瑟傑克斯老大的『城堡』之一！蘇爾特．次代大人！顫抖吧！下跪吧！開玩笑的！哈哈哈哈哈！」

……還真是個行動和個性一致的人！整個人正如同外表，讓人感受到豪邁的氣概！外表上看來就是個三十多歲，體格極佳的大叔。

莉雅絲也苦笑介紹：

「他是出現在北歐神話裡的火焰巨人蘇爾特的複製品。就是預言中會在諸神的黃昏時率領大群巨人，焚燒世界樹的那個蘇爾特。」

蘇爾特啊。我的認知僅止於聽過這個名字。在對抗洛基之戰後，我因為好奇稍微翻了一下北歐神話的書籍……裡面的確記載有這個名字。

火焰巨人──所以他的體型才會這麼大，剛才還從嘴裡噴火。

他是那個傳說巨人的複製品……？意思也就是複製人囉？使用相同細胞製造出來，和本體一模一樣的生物？這樣想應該沒錯吧。

「北歐諸神好不容易製造出複製品，複製品卻失控了。」

「主教（bishop）」麥格雷戈先生又開始說明。這個人真喜歡說明。大概很愛講話吧。麥格雷戈先生繼續說下去：

「他們因為無法處理那個複製品，所以就將他丟出瓦爾哈拉。這時瑟傑克斯陛下正好現身，以自己手上的『城堡（rook）』的『變異棋子（mutation piece）』將他收為眷屬。因為是複製品，便將他取名為『次代』。」

——！

「變異棋子（mutation piece）」！而且還是瑟傑克斯陛下的棋子，「城堡（rook）」的「變異棋子（mutation piece）」！

我無法推估蘇爾特有多麼厲害，但是他既是瑟傑克斯陛下的眷屬，而且又是「城堡（rook）」（棋子價值5！），用在他身上的還是「變異棋子（mutation piece）」！

他、他的潛在能力到底有多驚人！換算成排名遊戲的棋子價值不知道有多少？

正當我驚訝不已時，巨人蘇爾特．次代先生嘆了一口帶有火焰的氣說道：

「是啊，在我被北歐那些混帳拋棄，就快要一點一點被自己的火焰燃燒殆盡時，是瑟傑克斯老大救了我。我也因為這樣才學會如何操控自己的火焰，總算能以冥界最強的『城堡（rook）』的身分跟著老大。」

瑟傑克斯陛下還真是撿了相當不得了的東西回來。居然救了這個被北歐諸神拋棄的強大複製品。

蘇爾特・次代先生的表情和言行當中，充滿了對拯救自己的主人——瑟傑克斯陛下的敬愛之意。

葛瑞菲雅是最強的「皇后（queen）」，這個大漢又是最強的「城堡（rook）」！總覺得格局比我們大上太多，我的腦袋都快爆炸了。

然而「主教（bishop）」麥格雷戈先生露出苦笑：

「那個最強的『城堡（rook）』大人在對抗超獸鬼（jabberwock）時，一開始就立刻巨大化並且全力亂噴火焰，把自己搞到體力耗盡，無法參加最終的戰鬥。真是的，明明已經事先說明那個超獸鬼（jabberwock）對惡魔而言是更高層次的反制怪獸，並且擁有強大的再生能力……如果能夠依照計畫，在阿傑卡陛下的對抗術式送達之後再一口氣發動猛攻，也不需要花費那麼多時間打倒牠了。只要拿出真本事，你的火焰沒有燒不掉的事物——如果沒有失敗。」

麥格雷戈先生語帶諷刺地抱怨個不停。蘇爾特・次代先生聞言湊到他的面前：

「吵死了！麥格雷戈，你這個傢伙每次都愛說些不中聽的話又通篇廢話！能動手時就該動手，這樣才算是老大的『城堡（rook）』！」

「但是同樣身為『城堡（rook）』的巴哈姆特就從頭到尾都有貢獻喔。他一直和總司的妖怪們一起解決小型反制怪獸。」

麥格雷戈先生提到巴哈姆特。我曾經聽說。那是閃耀光芒的傳奇魔物吧？水中自然不在話下，也能在空中任意悠游，是隻巨大又有實力的怪魚。就連那隻魚魔物也是瑟傑克斯陛下的「城堡(rook)」啊……

「你到底要我說幾次，不准把我和那種魚混為一談！」

蘇爾特．次代先生氣沖沖地一把揪住麥格雷戈先生的衣領！麥格雷戈先生絲毫不以為意，對我們笑著做出結語：

「──嗯，總之就是這些成員。」

這……這樣啊。原、原來如此，成員就是這些人……再加上葛瑞菲雅和身為「士兵(pawn)」的麒麟炎駒先生，就是完整的路西法眷屬。

正當我如此心想時，莉雅絲四處張望，好像在找什麼人。

「對了，貝奧武夫呢？還是這次只有你們三個？」

聽見這個名字，沖田先生、蘇爾特．次代、麥格雷戈先生都愣了一下，然後像是想起什麼，異口同聲表示：「啊啊，對喔。」

「喔，那個傢伙──」

就在蘇爾特．次代先生打算說明時，有人猛力推開健身房的門，地下室裡迴盪巨響。

在眾所矚目之下現身門口——是個呼吸有點喘的棕髮男子。外表看起來大概二十多歲，身上穿著西裝。

「終、終於追上了……」

男子伸手撐在牆壁調整呼吸。蘇爾特・次代先生見狀不禁抱怨：

「太慢了吧，貝奧。」

「……你在說什麼啊，還不是次代先生叫我拿這個拿那個、這個也要送回去那個也要送回去，都是我帶著一大堆日本土產傳送回冥界！」

這時麥格雷戈先生指著那個次代先生稱呼「貝奧」抱怨連連的男子開始說明：

「他是瑟傑克斯陛下的另一個『士兵（pawn）』——貝奧武夫。他是英雄貝奧武夫的後代，挑戰瑟傑克斯陛下結果慘敗，於是當場極力拜託陛下，因此成為眷屬。」

——！英雄的後代！瑟傑克斯陛下的眷屬當中還有這種人！

對室內的氣氛感到不解，名為貝奧武夫的西裝男說道：

「哎呀呀？現在是在介紹我嗎？還有大家都向少爺自我介紹了！」

「誰叫你這麼慢，我們剛才都已經介紹完了。還穿什麼西裝，看起來有夠死板。」

蘇爾特・次代先生這句話讓貝奧武夫先生含淚控訴：

「什麼嘛！等我一下也沒關係吧！同樣身為『士兵（pawn）』的我原本想以前輩的身分對少爺說

幾句帥氣的話！你看我的西裝！因為第一印象很重要，我還特別作一套新的！」

蘇爾特・次代先生完全不理會貝奧武夫先生，來到我的面前。哇，近看真的是個巨人。震撼力十足！

「對了，少爺。這個傢伙是我們的跑腿小弟。少爺有什麼事也可以儘管吩咐他。」

少爺……是在叫我嗎？和吉蒙里家有關的人偶爾會稱呼我為「少爺」。

等等，跑腿小弟！這、這樣真的好嗎……

貝奧武夫先生聞言大受打擊：

「太過分了！炎駒也是瑟傑克斯陛下的『士兵(pawn)』，你們都不命令他，只會整我！」

滿腹怨言的「士兵(pawn)」先生。

莉雅絲輕輕笑一聲對我說道：

「貝奧武夫雖然看起來不太穩重，不過可是冥界前五名的知名『士兵(pawn)』喔。畢竟是兄長大人的『士兵(pawn)』。是個從外表看不出來的強者。再怎麼說，他在轉生前和兄長大人單挑時，可是讓兄長大人受了傷。」

排名前五的「士兵(pawn)」！那麼果然是個高手。而且又是英雄的後代。

……這個看起來有點沒用的大哥，難不成真正的實力和曹操相當？能夠打傷瑟傑克斯陛下可不簡單……！

「不過只是在陛下的手上劃出一道小傷。之後就被打得體無完膚了。對吧？」

麥格雷戈先生這句不中聽的補充，又讓貝奧武夫先生眼中泛淚：

「什麼嘛！公主特地幫我說句好話，又被你搗亂了——！第一次見到我的人，對我的印象一定差到極點吧！」

總覺得這位「士兵(pawn)」先生真有趣。瑟傑克斯陛下的眷屬當中，也有這種比較容易激動、受人捉弄的類型。

「瑟傑克斯陛下的『士兵(pawn)』就是炎駒先生和貝奧武夫先生兩位嗎？」

莉雅絲點頭回答我的問題。喔——只有兩個「士兵(pawn)」啊。

「『皇后(queen)』葛瑞菲雅大嫂、『城堡(rook)』蘇爾特．次代和巴哈姆特、『主教(bishop)』麥格雷戈、『騎士(knight)』總司、『士兵(pawn)』炎駒和貝奧武夫，以上就是兄長大人的所有眷屬。」

原來如此，這些就是路西法眷屬……

「對了對了，任何有關『士兵(pawn)』的事都可以問我！我都可以告訴你喔～少爺？」

貝奧武夫先生重新振作，自信滿滿地對我說道。

「啊，好的。有機會的話我一定請教你。」

這是我的回答。聽到我這麼說，蘇爾特．次代先生和麥格雷戈先生都忍不住笑了：

「就這樣被少爺輕描淡寫地帶過！貝奧果然很沒用！哈哈哈哈哈！」

蘇爾特・次代先生瘋狂大笑，貝奧武夫先生則是渾身發抖，像是在強忍羞恥。

咦！難道我應該說些更中聽的話嗎！那在我心目中已經是最好的回答了……突然對我這麼說，我也不知道該如何應對！

難道我應該更激動一點，說些「還請多指教！貝奧武夫先生！你好！」之類的話比較好嗎……？

這時沖田先生清清喉嚨，改變現場的氣氛詢問莉雅絲：

「對了，瑟傑克斯陛下有過來這裡嗎？」

「不，兄長大人沒有過來……怎麼了嗎？」

聽到莉雅絲的話，四名路西法眷屬若有所思地看著彼此。沖田先生繼續說道：

「其實是這樣的──」

時間回到不久之前。

瑟傑克斯陛下正在和米利凱斯大人享受父子時光時，忽然詢問自己的兒子：

『之後爸爸應該可以休假。米利凱斯，要不要和我一起玩撒旦紅遊戲啊？』

同時也是魔王戰隊撒旦連者的撒旦紅，瑟傑克斯陛下最大的樂趣就是扮成撒旦紅陪兒子一起玩。

兒子──米利凱斯大人是這麼回答的。

『不了，父親大人。下次放假我要去找莉雅絲姊姊！我想在一誠哥哥和大家身邊參觀惡魔在日本過著怎麼樣的生活！』

瑟傑克斯陛下對此好像也很開心。陛下大力稱讚兒子的進取之心。

但是瑟傑克斯陛下聽到下一個問題的答案——

『嗯，這是相當有意義的事。對了米利凱斯，撒旦紅和胸部龍，你喜歡哪一個？』

『真要挑的話是胸部龍！因為鎧甲的變化很多很帥！玩具也都很棒！』

『…………』

我可以輕易想像米利凱斯大人是如何以充滿朝氣的聲音回答，還有瑟傑克斯陛下是如何帶著笑容整個人僵住。

之後米利凱斯大人來我們家寄宿，瑟傑克斯陛下就經常利用短暫空檔外出。

就連今天，陛下也利用空檔不知道上哪去了……

於是各位路西法眷屬猜測——瑟傑克斯陛下是不是過來這裡了。然而來到這裡卻不見他們要找的魔王陛下。

抖……

我又感覺到一陣惡寒。這種感覺肯定是有人在看我、注意我！我四處張望——在某個地方看見相當突兀的東西！

……健身房的門打開一條縫，有個打扮成特攝英雄的人正在盯著我！

我認得那身打扮！那是當然！從門縫中看著我的——是撒旦紅！

那不就是瑟傑克斯陛下嗎——！而且這種惡寒！和我在高灘地的球場感覺到的一模一樣！難、難道那個時候撒旦紅也在看著我們？

「……米利凱斯……你比較喜歡胸部龍而不是撒旦紅啊……」

聲音和存在感都充滿悲傷！喂——！有位打扮成特攝英雄的魔王陛下躲在陰暗的角落傷心啊！

已經知道撒旦紅真面目的莉雅絲靠近我的耳邊說道：

「……兄長大人一定是覺得米利凱斯被一誠搶走了吧。真是的……」

莉雅絲也伸手扶著額頭，對於哥哥的行為表示傷腦筋。

我、我懂了，在高灘地感受到的視線並非對我的敵意，而是因為我和米利凱斯大人相當親近，對我投以羨慕的眼神！而且當時也是打扮成撒旦紅！

陛下利用工作的空檔來看可愛的兒子和胸部龍聊天，而且是一個人落寞地在遠處看著這樣的場景嗎！

蘇爾特．次代先生走向瑟傑克斯陛下提供建議：

「老大，現在應該和胸部龍一決雌雄吧？再這樣下去米利凱斯少爺會被乳龍帝搶走。」

請不要灌輸陛下奇怪的觀念！別煽動他好嗎！

「瑟傑克斯主人，現在或許是關鍵時刻。必須趁現在讓米利凱斯少爺知道父親的威嚴更勝胸部的威嚴才行！」

麥格雷戈先生也對主人說出奇怪的話——！父親的威嚴更勝胸部的威嚴是什麼！

「饒了我吧！我不想再跟撒旦紅打了！」

「一誠哥哥！對手是父親大人，不過你要加油喔！」

米利凱斯大人為我加油！撒旦紅整個人隨即散發傷心的氣焰，羨慕地看著我！

難道我要在這種地方再次和撒旦紅開戰嗎？正當我心懷畏懼時——健身房中央出現一道光芒，描繪出圓形。

那是魔法陣。而且我認得。這是——吉蒙里的紋章！

在這個時機冒出這個魔法陣！既然如此，也只有那一位了！

光芒綻開，一名銀髮女僕現身魔法陣！是葛瑞菲雅——！我不禁將她當成救世主、女神，因為她的現身感動落淚！

葛瑞菲雅一登場，路西法眷屬全都渾身僵硬，臉色蒼白。只有沖田先生還是沒變，依然笑容滿面。就連撒旦紅也因為最強的「皇后」出現，整個人為之顫抖！

葛瑞菲雅環視整個健身房，先是望著我們吉蒙里眷屬，接著對路西法眷屬投以冰冷的視線，最後眯起眼睛盯著魔王。

她向前踏出一步。豪邁的蘇爾特．次代先生巨大的身軀抖了一下。

「……尊貴不凡的路西法眷屬聚在這個地方做什麼……？」

好有份量的發言！即使不是針對我們，還是讓人感到害怕！太可怕了！愛西亞也是熱淚盈眶，就連潔諾薇亞的表情都為之緊繃。

貝奧武夫先生走到葛瑞菲雅身邊，開始辯解：

「事、事情是這樣的！大姊！我們只是想說眷屬偶爾聚一聚轉換心情也不錯！」

葛瑞菲雅以充滿魄力的眼神瞪了他一眼！

「是，非常抱歉。小的願意接受任何處分。」

貝奧武夫先生下跪謝罪了！態度也轉變得太快了吧！

「貝奧，你這個小子！居然立刻投降了！大姊！我們來公主這邊打聲招呼也沒什麼吧！而且還可以順便保護少爺啊！」

這次是大漢蘇爾特．次代開口。然而──

「既然要來，應該先告訴我。沒有事先聯絡就到別人家裡，太失禮了。這裡是兵藤家，不是吉蒙里家。還有米利凱斯大人的護衛有莉雅絲大小姐和一誠先生就夠了。」

聽見令人無法反駁的回應，蘇爾特．次代先生也只能默不作聲。

葛瑞菲雅最後看向瑟傑克斯陛下：

「瑟傑克斯陛下，您利用空檔時間打扮成這個模樣來到這裡嗎……請給我一個可以接受的解釋。」

葛瑞菲雅的聲音當中蘊藏平靜的怒氣！

撒旦紅似乎下定決心，上前與葛瑞菲雅面對面——然後下跪。

「抱歉，是我不對。」

——屈服了！

最強的魔王陛下……向妻子屈服了！雖然我早就知道這件事，但是——

「最強的還是母親大人喔？」

米利凱斯大人面帶笑容表示。

嗯。我們所有人都用力點頭，認同這句話。

我們目送葛瑞菲雅帶著瑟傑克斯陛下離開。

「那麼各位，米利凱斯大人就拜託各位照顧了。米利凱斯大人，在後天回來之前的這段時間，可不能給各位添麻煩。知道嗎？」

「知道！」

看見兒子回答得這麼有精神，葛瑞菲雅終於露出微笑——那是母親的表情。

目送葛瑞菲雅消失在魔法陣的轉移之光後，剩下的客人就只有各位路西法眷屬。

在那之後，葛瑞菲雅表示「你們對冥界而言很重要，記得和米利凱斯大人一起回來。」允許他們暫時待在這裡。

於是各位路西法眷屬在鎮上的飯店訂了房間，享受日本的生活。

一直到最後一刻，我們都和米利凱斯大人度過快樂的時光。

我們一起吃日本的食物，還一起去百貨公司逛街。他對玩具著迷時，應該是最符合實際年齡的模樣吧。羅絲薇瑟帶他去百元商店時，看起來好像也玩得挺開心的。

住在我家的這幾天，我們也一起泡澡。這就是所謂男子漢的坦誠相見。

然後是離別的早晨——

各位路西法眷屬來到門口迎接米利凱斯大人。在道別之前，大漢蘇爾特．次代先生對我招手。木場也在一旁和沖田先生談話……

「喂，赤龍帝。」

「是、是的，有什麼事嗎？」

我提心吊膽靠過去，只見蘇爾特．次代先生在手上展開小型魔法陣，裡面冒出什麼。

「介紹一個好東西給你。」

蘇爾特．次代先生的巨大手掌上——出現看似帆船玩具的東西。外型設計和現實中的飛船、飛機都不一樣，很像ＲＰＧ裡會出現的幻想世界飛空艇。

「這……這個看起來像是搖控模型的東西是什麼？」

沒錯，在我看來，那怎麼看都是設計相當精巧的遙控模型或是玩具。但是那艘帆船竟然飛上天！

感覺不像是蘇爾特．次代先生用魔力操控。看起來比較像是船自行在空中飛舞……

或許是知道我在想什麼，蘇爾特．次代先生笑著說道：

「這個叫作斯基德普拉特尼，是北歐傳說裡的飛空魔法帆船。也有人稱它為活的飛船。是由打造雷神索爾手上的『妙爾尼爾』的伊瓦第族製造的稀世珍寶。這是其中一艘。我在某個工作中得到這個東西。這可是相當罕見的喔？畢竟存在於世上的數量屈指可數。」

活的飛船！好厲害！還有這種東西！發源自北歐神話的魔法帆船！

「現在還只是一艘小帆船，看起來和玩具沒兩樣，不過這個是以倚靠主人的氣焰為糧食進化而出名。如何？想不想當成使魔啊？」

——

這個出乎意料的提議讓我嚇了一跳。拿這個當使魔？

「使、使魔嗎？把這艘飛船……收為使魔？」

「是啊，你要是願意就給你吧，當成是我送你的禮物。再怎麼說，你都為了冥界──為瑟傑克斯老大挺身而戰。送你這種程度的禮物也是理所當然。」

「要、要給我的話我當然收！我到現在都沒有使魔……」

沒錯，我直到現在都沒有得到使魔。一方面是因為沒有適當的時機，一方面也是因為我還是捨不得史萊太郎和觸手丸。

目前在需要用到使魔的時候，我都是請莉雅絲協助。

「這個東西成長之後會變成大型飛船嗎？」

聽到我的問題，「主教（bishop）」麥格雷戈先生便在一旁回答：

「是啊，會變大。而且成長之後的外形會因為主人的氣焰──或是想像力有所不同。身為現任赤龍帝的你，成長狀況又那麼特殊，以你的氣焰和想像力，或許能夠讓它長成前所未有的飛船吧。」

蘇爾特・次代先生豪邁地笑道：

「就是這樣啦，我想給你當成飛行宮殿。你不是想要建立後宮嗎？既然如此，當然需要宮殿。所以我才會想到它。只要好好運用，你就可以創造自己喜歡的飛天後宮。如何？越想越興奮了吧？」

——！飛天後宮！還、還可以這樣用喔！這倒是個盲點！我從來沒有想過！對了！既然想成為後宮王，就必須準備宮殿才行！而且如果還是會飛的宮殿，簡直讚到不行！

「呵呵呵，先不管什麼宮殿，以後可是相當不錯的交通工具。即使只有這個大小，也能夠帶著主人飛行。」

麥格雷戈先生如此說道。

能夠拿來當交通工具的飛天後宮！哎呀——這豈不是無敵了嗎！

「感謝你把這個東西送給我！」

我鄭重表示感謝，收下這分好意！太好了、太好了，活生生的飛天後宮！呼呼呼！我要讓它成長為最理想的宮殿！太開心了！

經過這個互動之後，米利凱斯大人離開的時刻終於來臨。

「謝謝各位的照顧。這幾天我過得很開心！我還可以再來玩嗎？」

面對米利凱斯大人的問題，大家都笑著回答「你要再來玩喔！」看見大家的反應，紅髮少年露出可愛又燦爛的笑容。

「改天再來吧。大家都覺得米利凱斯就像自己的弟弟一樣可愛。下次我們大家一起去京都玩吧。」

聽到莉雅絲這麼說，米利凱斯大人也很有精神地「嗯！」了一聲，點頭回應。

「那麼期待下次再見。」

……在有禮的道別聲中，米利凱斯大人低頭鞠躬，準備和路西法眷屬一起離開。

我——……嗯。就這麼叫吧。他……希望我這麼做。既然如此，我——

我用力吸了一口氣，大聲喊道：

「米利凱斯！再來玩喔！」

我這麼呼叫紅髮少年，豎起拇指，帶著笑容目送他！

「一誠哥哥！下次再陪我玩喔！」

米利凱斯的笑容變得更加燦爛。

我們的弟弟——米利凱斯・吉蒙里。雖然發生了路西法眷屬的突襲造訪和撒旦紅的襲擊

——但是我還想再陪他盡情地玩！

後記

好久不見。我想這次依然是一本自由過頭的短篇集吧。

就是這樣，來介紹各個短篇吧！

〈特攝惡魔〉時間關係——第五集後

以賽拉芙露在冥界製作「魔法☆小利維」為題材的故事。這同時也是在一誠變成胸部龍之前的故事，讓我在修改時感覺到相當懷念。加斯帕也以主角的身分大放異彩，這在劇情上相當少見。現在回想起來，阿加的神祕力量說不定在這個時候就已經發揮出來。

〈一誠SOS〉時間關係——第五集後

故事上緊接在〈特攝惡魔〉之後。也可以說是第六集開始前沒多久。當初是刊登在以《D×D》為封面的《DRAGON MAGAZINE》上，是一篇值得記念的短篇。本篇當中也有登場的魔物駕馭者安倍學姊再次登場。這次不只有雪地猩猩，連長腳鮪魚和名古屋土雞都出現了。世界觀依然相當亂七八糟。題外話，真正的美人魚曾在其他短篇出現。如果有機會，希望可以收進短篇集裡。

〈惡魔也會生病〉時間關係——第七集後

羅絲薇瑟終於參戰了！原本是這麼想的，但是到頭來好像變成以木場為主的短篇……因為是男生所以無法登上《D×D》封面的木場。既然如此，讓他變成女生不就有機會上封面了？當初寫這個短篇的契機就是這樣的想法。因為是型男，變成女生之後果然還是美少女。而且胸部也很大！

題外話，另外有個短篇是阿撒塞勒讓所有女生變成型男的故事。就某種意義來說應該算是這個故事的前傳吧。可惜沒有收錄。

〈復活不了的不死鳥〉時間關係——第八集後

本篇當中多次提到的萊薩復活故事。描述被一誠打倒、莉雅絲也被搶走之後，萊薩振作起來的過程。總之……萊薩能夠復活，都是因為他也是個大色狼。這隻烤小鳥不知為何也頗受讀者喜愛。

〈末日之戰運動會！〉時間關係——第八集後

目前為止我已經寫過不少短篇，然而這篇在所有短篇當中也算是混亂度首屈一指。

故事中難得有米迦勒和許多天界人士登場。烏列是在這次收進短篇集時特別追加的。拉斐爾將來也會在適當的時機再露臉。這個故事最大的重點，就是阿撒塞勒總督的黑歷史了。

人工神器（sacred gear）有一大半都是他發揮中二病精神的產物。

〈繼任繼任宗主大人的煩惱〉時間關係——第十二集後

全新創作。時間順序是在第十二集之後，算是最新的故事。故事的重點放在瑟傑克斯與葛瑞菲亞的獨生子米利凱斯身上，描寫第十二集之後兵藤家的和平景象。故事當中也有提到，這位米利凱斯小弟在才能方面可以說是整個作品當中最具潛力的一個。等他長到一誠這個年紀時，恐怕是個非常不得了的惡魔吧。畢竟他的親戚，像是父母、（未來的）姑丈一誠都不是普通人。成長環境已經十分不同凡響。

或許還得等上好幾年，不過在《D×D》結束之後，可以寫個以他為主角，在冥界的學校大放異彩的故事也不錯。以上是我的妄想。

故事當中也首次揭露「神聖使者（brave saint）」的相關設定。系統當中加入撲克牌的主要遊戲規則作為特性。特性當中除了梭哈和21點，或許還有其他主流遊戲的規則……？

根據撲克牌的牌組，可能還有另外一張王牌——第二張鬼牌的存在，或許有些讀者會對此相當好奇吧。這方面的設定就另待適當機會，請各位不要太過期待。

關於路西法眷屬。

接著是終於登場的路西法眷屬！因為有許多讀者反應希望他們可以登場，所以我就利用這次短篇集的全新創作讓他們參與演出。每一個都強到有如怪物。「皇后」葛瑞菲雅．路基弗古斯、「城堡」蘇爾特．次代（變異棋子）、「城堡」深海光魚巴哈姆特、「騎士」沖田總司、「主教」麥格雷戈．梅瑟斯、「士兵」炎駒、「士兵」貝奧武夫，都是響噹噹的人物。而且沒有任何人有神器。貝奧武夫的登場方式那麼沒用，或許會有讀者懷疑他的實力，但是再怎麼說也是英雄的後代，實力相當堅強。考慮到沒有神器這一點，他具備的力量可以說是非常驚人。他是知名的支援型強者，和眷屬搭檔出擊最能夠發揮實力。

不過蘇爾特．次代的誇張性能更在他之上……要是他多用點心在戰鬥上，就可以更快打倒超獸鬼。最強的「城堡」稱號並不虛假。

巴哈姆特最主要的工作是搜尋敵人、運送眷屬、掃蕩小嘍囉，單獨行動也是強到不行。

麥格雷戈在禁忌級的各系統（白、黑、北歐、召喚、精靈）魔法——也就是禁術的研究方面是第一把交椅。關於禁術將會在第四章提及。

關於最近的反省。

其實有很多設定我都已經事先想好，不過總是忘記在故事中說明，經常在後來造成令自己困擾的狀況。例如對於木場能夠創造聖劍，我應該要更早說明（這個設定我很早之前就想好了，只是聖魔劍比他創造的聖劍還要強，所以沒什麼機會活用設定）。而最近的例子，就是帝釋天的強度吧。我在第十二集寫到「必須四大魔王一起上才能夠與之抗衡」於是有幾位看到這裡的讀者都問了類似「這是算進瑟傑克斯真正實力的強度嗎？」這樣的問題。真瑟傑克斯和認真起來的阿傑卡（故事當中尚未出現）不在比較基準裡。天帝如果比包括那個狀態的瑟傑克斯在內的四大魔王加起來還要強，力量的通貨膨脹可就一發不可收拾。

各短篇的介紹說明以及反省大致上就像這樣。

很遺憾的，這次還是有幾則短篇無法收錄。

像是教會三人組去秋葉原玩、感受文化衝擊的故事，還有一誠因為神祕的飛碟發出的光線變得不好色的故事。既然持續在《DRAGON MAGAZINE》連載，難免會有像這樣無法完全收錄進來的漏網短篇。

未來想必也很難全部收錄。「想要看到D×D的每一段故事！」如此心想的讀者還請多多支持《DRAGON MAGAZINE》的連載。

無法完全收錄，真的非常抱歉。

好了，接下來的篇幅是我的超級廢話。因為這次的後記篇幅是十一頁，所以我想多說點東西。主要是這次有附贈ＢＤ的同捆版，無論限定版還是普通版的頁數都有一定的限制，不能多也不能少。在這樣的狀況下要多收短篇頁數又不夠，所以後記的篇幅就變多了。

首先是第一段廢話。關於自己的成長？轉變？

拿剛開始連載的短篇和最近的短篇來比較，可以發現許多差異。以這次的短篇集來說，〈特攝惡魔〉和〈一誠ＳＯＳ〉兩篇，因為這次收錄重新看了一次……覺得有許多描述和文字的部分非常不足，讓我嚇了一跳。相反的，從〈惡魔也會生病〉開始，筆觸有了變化。這次在收錄進短篇集時其實經過相當程度的改寫、修正，所以各位讀者或許不會感覺到有那麼大的變化，但是身為原作者倒是為自己的小變化驚訝不已。這算是成長？還是普通的轉變？

責任編輯先生也說過「最近你的文字比起以前要安定許多，或者該說文體成熟多了。」這種話。我自己一點也不覺得有變得多好……不過至少比以前像樣一點吧。

第二，關於動畫。

感謝各位愛好者的大力支持，動畫的成績算是相當不錯。包括原作小組在內，動畫工作人員也都感到相當驚奇。真的非常感謝各位的支持！

自從決定動畫化之後，原作小組（我、みやま老師、責任編輯先生）的工作量都呈現飛躍性的成長，我更是每天都在寫和《Ｄ×Ｄ》有關的稿子。這樣的情況在我寫這篇後記時依然持續。應該說在動畫播映結束之後，反而有了更多工作，讓我有點吃不消。我也只能設法

——解決。

在製作動畫的過程當中，讓我感到最榮幸的是我幾乎每週都能夠以原作者的身分參加動畫的文藝會議（有關腳本、系列結構的會議）。會議的氣氛自始至終都非常和樂融融，工作人員們對於原作的理解程度高到令人驚奇，我每次都會嚇到。能夠遇到這麼好的工作人員，我真的很幸運。

工作人員還讓我確認分鏡，比對和原作的設定是否符合，我甚至針對分鏡發表意見。各位工作人員對於原作者的任何一點小意見都非常周到地納入考量，真的讓我滿懷感謝。

除了照顧原作的支持者以外，更要吸引新的支持者，在這樣的形式之下，這次的動畫製作真的非常用心。結果也非常幸運，動畫不但讓廣大的原作支持者感到滿意，因為動畫而新加入的讀者也很多。我想現階段的D×D讀者，可能有一半以上都是因為動畫而開始看的人。動畫的效果就是這麼驚人。然後我的工作除了動畫方面以外，也多了BD、DVD要用的原稿，也就是廣播劇CD的腳本以及特典小說——

長篇→短篇→廣播劇CD的腳本→動畫方面的確認→BD、DVD的特典小說→動畫方面的確認→廣播劇CD的腳本→稍微發表意見、確認→動畫方面的確認→長篇→短篇→廣播劇CD的腳本→動畫方面的確認→BD、DVD的特典小說→短篇→動畫方面的確認→極短篇→etc.etc.……

去年年底的我大概就是這種狀態。現在的生活依然是每天都在寫和D×D有關的原稿。都已經不知道寫過幾次「胸部」了。

其實動畫PV的腳本有一些也是我寫的。真是開心的工作！

第三，角色人氣。

之前我曾經在後記當中提過，一誠的人氣差不多是第三名，現在的第一名是第一女主角莉雅絲。這個部分受到動畫的影響很大，播出之前原本是朱乃第一、莉雅絲第二。然而在動畫化的範圍當中，故事主要集中在莉雅絲身上，於是莉雅絲的人氣也爬升到第一名。像這種類型的後宮作品，第一女主角可以得到人氣第一名其實非常罕見。反過來說，由此可見莉雅絲多麼受到讀者們的喜愛。非常感謝大家！

身為眷屬的「國王(king)」、也是姊姊、也是母親。同時也是「開關公主」。由於角色眾多又是統整眷屬的要角，所以人氣自然也就容易集中在她身上吧。總而言之，人氣前三名就是莉雅絲、朱乃、一誠。話說一開始的成員，人氣也特別高。最讓我訝異的就是男性角色們的人氣也很高。

第四，偷偷修正過的地方。

已經發行的書中有些致命的錯字、漏字，後來都修正過了。最嚴重的是第五集的初版當中犯的錯，關於一誠手上的手環。照理來說手環應該是在手甲的位置，也就是左手腕，劇情發展才比較自然，但是我卻寫成右手腕。結果這也影響到みやま老師，插畫中的手環也出現在右手腕……這完全是我的疏失。真是非常抱歉。再版之後應該修正為不分左右的「手腕」了才對。

此外也有讀者吐嘈，像是第四集中阿撒塞勒的說明，有一句是「德萊格占了七．九，一誠只有〇．一」。看不懂對吧！後來修正為「七．九顆棋子」。還有第七集當中出現的「寺院的巫女」。其他集數當中明明是「神社的巫女」，只有這裡變成寺院的巫女。寺院裡沒有巫女啦！這裡也在最新的修正版當中改掉了。其他還有很多地方也都偷偷改過。

至於哪些地方有修改，還請各位找找看。

第五，讀者常問的問題。

我經常收到各位讀者鼓勵的話語還有問題。其中有個特別多人詢問的問題，我想趁這個機會回答一下。最多人問的就是這個。

「瓦利在第四集當中提到的世界強者排名前十名是誰啊？」

就是這個問題。我還聽說讀者之間針對這個問題議論紛紛……原來大家都這麼好奇。基本上這個部分我原本就有設定，趁這個機會公開一下。當然，這是D×D原創的排名設定。

奧菲斯、濕婆、毗濕奴、梵天、帝釋天、索爾、堤豐（或芬里爾）、黑帝斯、阿頓、魯格（順序不代表強弱）。

以上。偉大之紅基本上是不愛戰鬥的生物（雖然有很多人懷疑！）所以不在裡面。奧菲斯和芬里爾是喪失力量之前。最引人矚目的應該是原作當中尚未出現的印度神話勢力吧。不過對印度神話有所認識的讀者應該知道，那個神話裡的諸神能力都很作弊。如果讓祂們出現在D×D裡，戰鬥真的會變成和七〇珠一樣，所以需要自我約束。印度神在瓦利提到的前十名當中，排名都在前面。太可怕了太可怕了。要是D×D系列持續得夠長，最後的手段大概就是來個「破壞神濕婆篇」吧。在那之前祂們都不會出現。題外話，真瑟傑克斯和認真起來的阿傑卡（書中未出現）可以擠進排名裡。

第二多的問題，「九重還有其他曾經出現過的女生，未來會變成一誠的眷屬嗎？」也很多。立場上不可以惡魔化的女孩，自然就不會變成眷屬。九重是京都的妖怪勢力的公主。她不能變成惡魔。不過就算當不了眷屬，還是可以成為女朋友喔？也有地區限定這個做法。

還有一點。克蘇魯神話並未納入世界觀與設定中。

以下是答謝的部分。みやま零老師、責編H先生，包括短篇連載在內，每次都有勞兩位了。みやま老師為連載提供的插圖也沒有全部收錄！如果能夠推出D×D的畫集，至少可以再次收錄插畫，不過這個部分或許需要讀者們的熱情支持……？我本身也很想要畫集！就算得寫一篇只有在畫集裡才看得到的新短篇我也願意配合！趁這個機會推出《惡魔高校D×Dみやま零畫集Vol.1》怎麼樣啊，富士見書房大人？

最後是關於下一集！第四章終於要揭開序幕！如同我的預告，會先從延伸魔法師和吸血鬼的設定開始。然後第十四集的女主角是蕾薇兒！

此外的女性角色也將大有表現。因為男性角色在第十二集過於活躍，經過反省之後我決定讓女生發動攻勢。這集當中不幸遭到吐嘈的潔諾薇亞會展開反擊嗎？愛西亞和小貓的修煉又是如何？敬請期待第四章！

©icecream 2013

Kadokawa Light Novels

美味的飯糰大魔王 1 待續

Kadokawa Fantastic Novels

作者：風聆　插畫：戰部露

少年手臂上的美味「飯糰」，將引來虎視眈眈的妖怪們!?

平凡高中生季津彥，某天放學回家居然在校門口被謎之美少女白羽香攔住，並驚駭地發現自己的左手臂上有隻怪蟲；按壓牠擠出來的「飯糰」，據說是妖怪熱愛無比的食物!?為了這隻蟲，白羽香居然揚言要砍下他的左手……他平凡的生活即將掀起萬丈波瀾！

NT$220/HK$60

台灣角川

Kadokawa Light Novels

殭屍少女的入學 1 待續

Kadokawa Fantastic Novels

作者：池端 亮　插畫：蔓木鋼音

轉換身分的殭屍大小姐上學去！
高中生活第一天，就咬著麵包在街角撞到人!?

在超凡脫俗的侍女艾瑪．V的協助下，歐芙洛希妮大小姐才能以「小鳥遊真子」的身分展開新的人生（？）。可是在高中入學第一天，就在街角和男子撞個正著。這也太像是青春愛情喜劇的場景了。歡樂的日常殭屍物語就此展開！

台灣角川

NT$180/HK$50

Kadokawa Light Novels

OVERLORD 1 待續

Kadok
Fant
Nov

作者：丸山くがね　插畫：so-bin

大受歡迎的網路小說書籍化！
熱愛遊戲的青年化身最強骷髏大法師！

網路遊戲「YGGDRASIL」即將停止服務——但是不知為何，
成了即使過了結束時間，玩家角色依然不會登出的遊戲。其中
NPC甚至擁有自己的思想。和公會根據地一起穿越的最強魔法
「飛鼠」率領公會，展開前所未有的奇幻傳說！

台湾角川

NT$260/HK$7

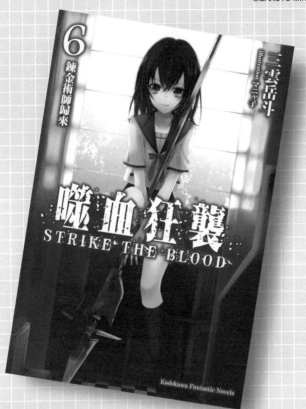

國家圖書館出版品預行編目資料

惡魔高校DxD. 13, 一誠SOS / 石踏一榮作
; Kazano譯. -- 初版. -- 臺北市 : 臺灣角川,
2014.02
　面； 公分
譯自 : ハイスクールD×D. 13, イッセーSOS
ISBN 978-986-325-790-5(平裝)

861.57　　　　　　　　　102026353

Kadokawa
Fantastic
Novels

惡魔高校D×D 13
一誠SOS

（原著名：ハイスクールD×D13 イッセーSOS）

2014年2月4日 初版第1刷發行
2022年3月18日 初版第3刷發行

作　者：石踏一榮
插　畫：みやま零
譯　者：kazano

發行人：岩崎剛人
總編輯：蔡佩芬
編　輯：高韻涵
美術設計：黃永漢
印　務：李明修（主任）、張加恩（主任）、張凱棋

發 行 所：台灣角川股份有限公司
地　址：104台北市中山區松江路223號3樓
電　話：（02）2515-3000
傳　真：（02）2515-0033
網　址：www.kadokawa.com.tw
劃撥帳戶：台灣角川股份有限公司
劃撥帳號：19487412
法律顧問：有澤法律事務所
製　版：尚騰印刷事業有限公司
ISBN：978-986-325-790-5